その復讐、お預かりします

原田ひ香

双葉文庫

目次

第一話

サルに負けた女

初夏の昼下がり、神戸美菜代《かんべみなよ》は公園のベンチに座っていた。

生気のない顔で傍らのコンビニ袋を開き、がさごそ音をたてながらパンを取り出した。シャーベットブルーの軽やかなスーツ姿のOLには似合わない大きなコッペパン。美菜代はしばらくその袋を指でいじっていたが、意を決してパンを取り出し、大口を開けてかぶりついた。

その時、大きな笑い声が響いた。美菜代は自分が笑われたような気がして肩をびくっと震わせた。

学生服を着た男子が数人、公園の奥の方にたむろしている。その中の一人がカバンから煙草《たばこ》を出していた。笑い声はそのために起きたらしい。

マジかよ、やばくねえ、やったじゃん、お前なかなかやるな。

喜び、誇らしさ、おびえ、そんなものが入り混じっている声だった。

美菜代はしばらく見ていたが、バッグからスマートフォンを取り出すと、迷いなく一一〇にかけた。

「あ、警察ですか。今、南本町《みなみほんちょう》三丁目の児童公園にいるんですが。ええ、ペンキの剝《は》げたパンダの遊具がある公園です。今、高校生ぐらいの男子が数人煙草を吸ってます。ええ。確かに高校生です。制服を着ていますから。ええ。すぐ来てください」

その間もパンから手を離さなかった。電話を切って、今度はスマホのカメラで彼らの姿を撮った。一つ食べ終わると、コンビニ袋からまたパンを出した。今度はコロッケをはさんだパンだった。

「九百キロカロリー」

どこからともなく声がして、美菜代はまたびくりと体を震わせた。

「それを、全部食べると、さっきのと合わせて九百キロカロリー以上になりますよ」

そう言ったのは、美菜代の隣のベンチに座っている男だった。ぴったりと体に合った高級そうなスーツを着ている。柔らかそうな髪、大きな目、輝く白い歯。自分の整った容姿をよく知っているのか、自信たっぷりな態度だった。

「あなたに関係ないでしょう」

気味が悪くて、美菜代にはそれだけ返すのがやっとだった。

「パンというのは、意外にカロリーが高いものです。さっきあなたが食べたあんことマーガリンがはさんであるパンだけで、ちょっとした定食ぐらいのカロリーはある」

「わかってます。そんなこと」

「でしょうね」

「でしょうね？」

「若い女性がパンのカロリーを知らないわけがない。あなたはずっとそれを気にしていたはずだ。標準体重を少し超えているようだから。だけど、なぜか今日は解禁した。しかもその袋の中にはまだパンがある。たっぷり砂糖衣のかかった菓子パンが。カロリーは五百五十キロ以上」

美菜代は慌ててコンビニ袋を引き寄せた。

「ほっといてください」

「あなたがどれだけ食べてブクブクになろうと知ったこっちゃないが、さっきの通報の電話はいただけないな」

美菜代は嫌な気持ちになったが、内心の動揺を隠して胸を張った。

「未成年の喫煙は重大な法律違反です。通報は市民の義務です。何か悪いことがあるんですか」

「彼らは常習犯じゃない。たぶん、これが初めてでしょう。吸い方でわかる。かわいそうに。警察に捕まったら停学処分だ。下手をすると退学になるかも。そうなったら、一生が変わってしまうかもしれない。あなたはそれに耐えられるんですか」

「……」

彼は立ち上がった。

「何をするんですか」

「あなたのためですよ」

彼は高校生たちに近づいて行った。そして、何事かをささやくと、彼らは慌てて煙草の火を消し、公園を出て行った。

彼が戻ってきて美菜代と同じベンチに座ったので、体を離した。

「美しい晴れた日の午後だ。それなのに、あなたはカロリーの高い、ゲスなパンを一気食いして、子供を警察に突き出そうとしている」

「だから、あなたに関係ないでしょう」

「確かに。というか、関わりたくもないね。聞きたくもない。ぱっとしないＯＬが公園のベンチでいらいらしている理由。怖すぎるよ」

もう耐えられなかった。

「失礼します」

気持ち悪い男に会ってしまった……足早にそこを立ち去った。振り返ると、彼は何事もなかったかのように、すました顔でベンチに座っていた。イケメンなだけによけい気味が悪い。

公園を出ると、美菜代は小型タブレットの地図を見ながらうろうろし、一つの雑居ビルにたどり着いた。入り口の案内板を確認して、小さなエレベーターに乗った。三階で降りてまっすぐ歩き、『成海事務所』と書かれたドアの前で立ち止まる。息を一つ吐いて、慎重にノックした。

「ご用ですか」

その時また、横から男の声がして、美菜代は驚いてそちらを向いた。さっき、公園で話しかけてきた男だった。

「……ついてきたんですか！　また警察呼びますよ！」

「いいえ。ついてきたも何も、ここが僕の職場ですから」

「え」

美菜代の脇をすり抜けて、彼は『成海事務所』の中に入っていった。閉まったドアをしばらくぽかんと見つめる。けれど、ずっとここでこうしているわけにもいかない。ため息をつき、服の皺《しわ》を直し、改めてドアを叩いた。

「どうぞ」

今聞いたばかりの男の声がした。美菜代は酸っぱいものを食べた顔になる。

「先ほどは失礼しました」

ドアを入ったところで、とにかく頭を下げることにした。

「いえいえ、どうということはありません。高校生たちは喫煙をしていたわけだし、あなたは正義です」

大げさに腕を広げるしぐさが、妙に気に障った。

「あの、こちら、成海慶介《なるみけいすけ》さんの事務所ですか……」

「はい。僕が成海ですが」

美菜代は事務所の中を見まわした。十二畳ほどの部屋に、デスク、ソファセット、本棚が一つ。どれも事務用の簡素なものだった。壁やデスクの上を飾るものもない。

「本当に成海さんですか？」

「本物の成海です」

にこにこと笑ったまま、相手は答える。

「私、神戸美菜代と申します」

「なるほど」

名前を言っただけなのに、なるほど、というあいづちは適切ではないんじゃないだろうか、と美菜代は思った。それにもったいぶった口調がいちいち癇《かん》に障る。

「で、ご用件はなんですか」

「座ってもよろしいでしょうか」

「ええ。どうぞ」

成海は部屋の中央に置かれているソファセットを指さした。その奥に彼のデスクと大きな黒い金庫があった。美菜代が座ると、彼は向かいに腰かけた。お茶を出す気はないらしい。

「私、あの、噂を聞いて来たんです」

「噂」

「成海さんの噂……こちらは、あの……」

「なんです？」

美菜代は改めて目の前の成海慶介という男を見つめる。ライトグレーのスーツ。柔らかくセットされた髪。口臭スプレーのポスターに出てくるモデルのように爽やかな笑顔。テーブルの下の靴はピカピカに磨き上げられているのだろう。

そのくっきりとした二重の目に視線を合わせると、吸い込まれそうになる。すてきな男子だからイケメンだから吸い込まれそうになるのではない。どこか、不穏で不安な吸引力。すべてを見抜かれそうな眼力の強さ。

美菜代は慌てて視線を外す。怖かった。この男でいいのだろうか。信用していいのだろうか。目の大きな男は実がない。昔、祖母が言っていた言葉だ。確かに、形の良すぎる目からは感情が読み取れない。

けれど、今はこの男に頼るしかないのだ。

「私、聞いたんです。成海さんはすごい復讐屋だって」

「復讐……復讐とは、穏やかでないですね。どこでそんな話を？」

「サトダインターナショナルの郷田《さとだ》会長から。あなたはプロの復讐屋で、セレブやお金持ちしか顧客にしない。でも最高の腕前を持っているって。依頼料は高額だが満足度は百パーセント。しかも、決して誰にもばれないように復讐を成し遂げてくれるって。日本で最高の復讐屋だと……」

「郷田会長のご紹介ですか。日本で最高。光栄な響きだ。でも、自分では世界で最高と思っています」

「じゃあ、本当に復讐屋なんですね」

「ええ」

「ぜひ、お願いしたいんです。私、とてもひどい目に遭ったんです。毎日毎日悔しくて、夜も眠れないんです」

「なるほど」

成海は美菜代の顔を見ながら深くうなずく。

「なるほど？」

「それであなたは、ゲスなパンをがっついて、高校生たちに当たってたわけだ。謎が解けましたよ」

「当たってたって」

「いえいえ、非難しているわけではありません。さっきも言ったでしょ。当然の報いです。あなたは正義だから」

なんだかやっぱり癪に障る。けれど、細かいことを気にしてはいられない。

「私、大東《だいとう》商事で秘書をしていたんです」

「いたんです、とは」

「もうやめたんです。というか、やめざるを得なかったんです」

美菜代は都内の有名女子大学を卒業後、東証一部上場企業の大東商事に採用され、秘書課に配属された。それから五年、秘書として地道に取り組んできた。

他の先輩は皆、華やかな才色兼備なのに、自分だけがぱっとしない容姿なのがコンプレックスで、人一倍努力した。誰よりも早く出社し、アフターファイブの誘いも断って先輩の仕事も引き受けた。その甲斐あって、二年前には社長秘書の地位に登りつめた。しかし、そうして懸命に働いてきたOL生活のすべてを奪い去ったのが、陣内俊彦《じんないとしひこ》との出会いだった。

陣内は二十九歳、美菜代の二つ年上で営業部所属だった。本来なら秘書課や役員室に出入りするようなレベルの社員ではない。たまたま部長のお供で会議についてきた。

彼の端正な顔立ちや高い身長はよく目立った。けれど、美菜代が会議の前にお茶を社長室に運んだ際、ウィキペディアをそのままコピペして資料を作成したことがばれて、部長に厳しく叱責されていた。社長の岸川《きしかわ》は無表情でその様子を見ていたが、いつもにこやかな人だから気分を害していることは一目でわかった。

その日の帰宅時、会社の最寄駅で陣内とばったり会った。ずっと運命だと思い込んでいたが、今となると彼の策略だった。

「あれ。秘書課の方じゃないですか」

彼はホームで話しかけてきた。

「はあ」

社長秘書はたとえ同じ会社でも近づいてくる人間には注意するようにと、厳しく教育されていた。美菜代は警戒して、短く応えた。

「今日、出していただいたお茶。なんか特別なものなんですかね。すごくおいしかった」

「普通ですけど。緑茶を濃いめに淹《い》れて、氷に注いだだけです」

「君のお手製だからおいしいんだ」

お世辞だと思っても、褒められたのは悪い気がしなかった。

「お茶の種類を教えてほしいなあ。母が緑茶に目がないんだ」

「ちょっと今はわかりません」

「イントラネットで連絡していいかな」

「どうぞ」

社内専用のネットを使って連絡すると言われて、警戒が少し解けてしまった。話すうちに彼と家の方向が同じだということがわかり、途中まで一緒に帰宅した。

のちにそれも嘘で、彼の家は反対方向だとわかるのだが、それも美菜代と帰りたかった一心からだと言われ、胸がきゅんとなった。

陣内は快活で、話しやすかった。

お茶の話からやがてランチをする仲になり、ついには飲みに行く約束をしてしまった。

飲みに行った席で、陣内は社長室での失態を相談してきた。

「社長は、そんなに気にされていないと思いますよ。お忙しい方ですから。若い社員の一人一人を覚えていらっしゃるわけではないし」

「それなら助かるけど、本当に心配なのは、部長と課長なんだ。社長の前で失敗してしまったのだから。あれから僕は社長室に同行させてもらえなくなった」

「そんなことなら簡単ですよ」

「え」

「今度、営業部の田辺《たなべ》部長がいらした時、社長があなたのことを褒めていた、って言えばいいでしょ」

「そんなこと、できるの？」

「打ち合わせの際、少し早目にお呼びするので必然的に秘書課の部屋でお待ちいただくことになります。実際、よく雑談するんです。部長さんたちとは。社長が感じがいい若者だって褒めていたから、今度のゴルフに呼んでみたらどうですか、とか言ってみましょうか」

「そうしてもらえるとありがたい！　ゴルフならちょっと自信ある」

「社長の方には、あなたのことを田辺部長が今一番有望な若手だと言っていたと話しておきます」

陣内が学生時代、体育会ゴルフ部だったことは、すでに人事書類で調査済みだった。秘書の美菜代は、普通の社員が閲覧できない人事情報にアクセスできる権限を持っていた。岸川社長もゴルフの腕前は玄人《くろうと》はだしだから、気が合うかもしれない。

「だけど、次は失敗できませんよ。遅刻や軽口は厳禁です。気配りを利かせて、誰よりもフットワークよく動いてください」

美菜代の尽力で、社長と部長のゴルフに彼が呼ばれることになった。事前に、社長が会員になっているゴルフクラブの資料を作った。地図と共に、何時に何をしなくてはならないか、どこでランチを食べるのか、ランチの時に社長はいつも何を飲むのか、など事細かなメモも作って陣内に渡した。

ゴルフ場での気配りを認められた陣内は、それからたびたび社長が主催するゴルフコンペに呼ばれるようになり、立ち上げた企画も通すことができた。もちろん、それらにも美菜代が深くかかわっていたのは言うまでもない。打ち合わせのアポイントは優先的に入れたし、岸川社長がどんな口調やタイミングで説得されるのが好きなのかも、陣内に教授した。

彼は顔がいいだけの一若手社員から、社長のお気に入りの営業部のエースとなった。

あの頃は本当に幸せだった、と思う。

二人で郊外をドライブしてラブホテルにも入ったし、一泊の熱海《あたみ》温泉旅行にも行った。僕の給料ではこれが精一杯なんだ、結婚してくれ、と贈られたシルバーリングをそっと右手の薬指に着けて仕事をすると力がわいてきた。

陣内が内線電話をかけてきた時に素知らぬふりで対応したり、社長室を訪れた彼とそっと目を合わせて微笑《ほほえ》んだり、彼が社長室を後にする時に小さくガッツポーズしたり……そういう瞬間が、息も止まりそうなほど幸福だった。それなのに。

「彼は突然、後輩の女の子との婚約を発表したんです」

「後輩？」

「彼と同じ課の女の子です。ミス大東って言われるほどきれいでかわいい子……まだ入社して一年にもならない子」

「君とは正反対のタイプだね」

「そんな言い方ないでしょ」

「失礼しました。彼がその人と付き合っているってこと、気がつかなかったんですか」

「ぜんぜん。頻繁に電話やメールはありましたし」

「ふーん」

「でも、彼が一番力を入れていた大きな企画が通った後から連絡がどんどん少なくなっていったんです。数日に一回、一週間に一回、一カ月に一回……そうして、あれ？　と思った時に、婚約が発表されました」

「でも……こんなことを申し上げたらなんですが、そういう……なんと言いますか、失恋、というのは若い時にはよくあることではないでしょうか。あなたはまだ若い。前を向いて、新しい恋愛に歩み出す、というのはいけませんかね？」

「私もそう思いました。だけど」

「だけど？」

「私、お金を貸してました。彼に」

「ほほう」

「デート代は最初の数回をのぞいて私持ちでした。いつも彼はお金がないんです。駐車違反で罰金を払わなくてはいけないとか、車の修理費とか、次のカードの支払いに現金が足りないとか言ってはお金を借りていきました。でも、まだ一円も返済されていません」

「二人の女と付き合っていれば、金がかかりますからね」

「何度か返して欲しいとメールしたんです。婚約を発表した後、電話には出てくれなくなりましたから。そしたら、彼の妻になる女が、私のことを社内であることないこと言いふらし始めたんです」

「どんなことを?」

「彼と結婚できると思い込んでストーカーみたいに付きまとってる気持ち悪い女だって」

「それはひどい」

「でも、皆、彼らの方を信じました。華やかできれいなカップルですからね。皆、幸せな人の方が好きなんです。私は会社にいられなくなりました」

「なるほど、わかりました」

「また、なるほど、ですか。なるほど、というのがあなたの口癖なんですね」

嫌味のつもりで言ったのだが、成海は顔色も変えない。

「ええ。そうなんです。さすがに一流企業で秘書の仕事をしていた方だ。人を見る目がするどくていらっしゃる」

喜んでいいのかわからない。

「それで、最初にお聞きし忘れましたが、郷田会長からの紹介状をお持ちですか」

「え」

「紹介状です。こちらもむずかしい仕事を請け負うからにはお互いの信用が大切ですからね。それ相応の御身分がある方や、ご紹介がある方しか仕事の依頼は受け付けないんです」

「……そんなもの、ありません」

「そうですか。では、郷田会長に電話で確認してもいいですか。これこれこういう人が来ているけど、信用していいのかどうか」

「やめてください。こんな恥ずかしいこと、会長にお話しできません」

「なら、どうやって自分の身分を証明するおつもりですか」

「ですから、私は大東商事の社長秘書で」

「元、でしょ。百歩譲ってあなたが大東の社員だった時ならまだいいです。でも、今はただの失業したアラサーだ」

「なんて」

ひどいことを言うんですか、と言い返したかったけど、成海の言うことはすべて本当だった。

「あなたが言っていることの裏付けがどこにあるんです?」

「じゃあ、秘書課に電話して確認してください」

「元社員でこんな人いましたか、って？　だめだめ。今のあなたには失うものが何もない。それじゃ、信用できないね。復讐が終わったとたん、警察に行って僕を詐欺で訴えるかもしれないしね」

「そんなことしませんよ」

しかし、成海は美菜代の言葉を聞いてもいなかった。

「だいたい、僕の話を本当はどこで聞いたんです。郷田会長とはどういうご関係なんですか？」

美菜代は答えられなかった。郷田会長と岸川社長は交流がある。けれど、美菜代とはほとんど面識がない。

「おおかた、パーティかなんかで会長がしていた話を盗み聞きしたんだろう」

成海の口調が急に変わった。じっと見つめてくる目が冷たい。

「そんなんじゃありません」

「じゃあ、どうなんだよ？　正直に言いなさい」

「……以前、うちの社長も出席した会合の末席に座っていた時、郷田会長が話しているのを聞いたんです」

「ふーん。貯金はいくらある？」

「え」

とっさのことで答えられなかった。そんな美菜代に成海はずばりと言った。

「八十万」

「は？」

「八十万。今、銀行口座にある金額。そんなものだろう？　ブランド品を買ったり、ホストクラブに行くタイプでもないが、株や副業で儲ける力量もない。貯金は都銀か良くてMMFに預けているだけ。仕事柄、スーツや靴には金をかけなければならないし、男に貢いでいたから、実家から通っていてもあまり残らない」

驚いた。実際に銀行には八十万ちょっとの貯金がある。けれど、それは美菜代が結婚資金として貯めてきたものだった。現在無職の美菜代の虎の子だ。

「どうして実家ってわかるんですか」

「言葉になまりがないし、実家から通っている女子じゃなけりゃ大東商事の秘書課には入れないだろ」

「でも、それは私の大切な貯金です。もうこれからはそれしか頼るものがないんです」

「八十万を手付金で払ってくれ。これでも安い方だよ。普通なら百万からだから。あ、あと、復讐がなされたらプラス百万と経費をもらう。そちらは分割で結構だ」

「そんなの無理です」

「じゃあ、やめた方がいい」

成海は立ち上がり美菜代の方に来て、ソファの背に手をついた。彼の端正な顔が近づいてきて、思わず目をつぶってしまった。瞳でロックオンされたように動けなかった。

「キスするんじゃないんだよ。ばか。目を開けろ」

恐る恐る目を開くと、まだ同じ場所に顔があって、慌ててそむけた。

成海は余裕の微笑みで、美菜代の顎に手をかけ、正面を向かせる。

「全財産をかけられないぐらいなら、やめた方がいい。あんたの復讐心はそうたいしたことはない。五十万円使って、海外リゾートでも行ってきなさい。最高級のホテルに泊まって、地元の男と遊べばいい。一週間後に日本に戻ってきたら、すっかり気が晴れている」

「そんなことじゃ、気なんて晴れません！　あの人は私の命でした。人生で唯一の相手です。あんな恋は二度とできません。それなのに、あの人は私と私の人生をめちゃくちゃにした。絶対許せない！」

大声で叫んだ美菜代を見て、成海は体を離し向かいのソファに戻った。

「やっと本性を現したな」

成海はうっすらと笑った。

「どうして、他の人と付き合わないの？　そんなくだらない男なんてやめて、他の男と結婚すればいいじゃない？」

「だって、誰も私のことなんか相手にしてくれないもの」

「どうして、相手にしてくれないの？　男はごまんといるのに。好きなのを選べばいい」

「そんなことできるわけないでしょ！」

「どうして、できないの？　僕なんて結婚してほしいっていう女の子がたくさんいるよ。セフレでもいいから付き合ってほしいっていう子もいる」

「男と女は違うのよ」

「どうして、違うの？　女の子だって男に不自由してない子はいくらでもいるでしょ」

「だって。だって……私は魅力的じゃないからよ」

「そう？　魅力的な声をしているよ。わりに胸も大きいしね」

どうして、どうして、とたたみかけてくる成海の言葉に追い詰められていく。美菜代は、大きく息を吸った。

「地味人間だからよ！」

「わかってんだな」

「わかってるわよ！　五歳の時に幼稚園で木村祐樹《きむらゆうき》君に振られた時からわかってるわよ！」

真面目にまっとうに生きてきた。人一倍、努力してきた。けれど、鼻が低い、目と目が離れている。眉毛がハの字に開いていて、愛嬌はあるかもしれないがしまらない顔立ちだった。

　成海は満足そうに笑った。

「よしよし。それでいい」

「あなたって、本当にむかつく」

　気がついたら、涙ぐんでいた。

「自分自身を見つめ直しなさい。それで、人生計画を立て直すといい」

「ひどいこと言う」

「だって、金も信用もないんじゃしょうがない」

「お願いします。なんとかなりませんか」

「僕の復讐は金持ちやセレブのものだ。金も名誉もうなるほどある人が、警察もやくざも通さないで、なんの証拠も残さずに復讐したい時に使うのが、僕みたいな男なの。悪いけど、ほか当たってくれる？　ただ、そこらの業者を使うのはやめた方がいいよ。下手なところ使うと秘密だけ握られて、あとあと強請《ゆす》られたりするからね」

　そうだ、それが怖くて信用ある復讐屋の話にかけたのだった。

「……どうしてもだめですか」

「だーめ。さあ、いい子はおうちに帰りなさい」

成海は、美菜代の肩をつかんでソファから立たせた。

「本当に、本当に、だめ？　私、あなた以外に頼れる人がいないの」

「そんなかわいい声出しても無駄」

そして、ドアを開けて美菜代を追い出して、無情にバタンと閉めた。

廊下に、美菜代だけが一人残された。


翌日。

美菜代はまた、『成海事務所』のドアを開けて、そっと中をのぞいた。

デスクの前に座っていた成海が顔を上げた。

「なんだ。お前か」

君からあんたになり、今日はお前になっている。

「お願いがあります」

「だめ。なんど頼まれても。時間の無駄だからやめなさい」

「話だけでも聞いてください」

「だから、時間と労力の無駄」

成海は立ち上がって近くまで歩いてきた。また美菜代の肩をつかんで、ドアから出そうとする。細身なのに、男だから力は強い。美菜代は渾身の力を込めてドアノブをつかんだ。

「働かせてください！」

「え」

美菜代は昨日、家に帰ってから考えた。

やっぱり陣内には復讐したい。どうしても彼とあの女を許せない。けれど、方法がわからない。

「働きながら、あなたの復讐を学ばせてください！　お金はいりません」

「お前なんかいらないよ。助手は採ってない。女なんて足手まといになるだけだ」

「秘書としては？　私は一流企業の秘書でした。電話番としては最高の技術を持っています。あなたも昨日、声だけはいいって褒めてくれたでしょ」

「いらん。留守番電話で十分だ」

「英語もできます！」

「おれもできる」

一人称まで、僕からおれに変わってる。

その時、成海のデスクの電話が鳴った。美菜代は彼を押しのけて電話に走る。

「触るな！」

「はい。『成海事務所』でございます」

美菜代はそれまでと打って変わった、静かで艶のある声を出した。その声だけで百万ドルの価値があると、アメリカの大手保険会社ＣＥＯにも絶賛された美声だ。与党の大物議員から、君の声を聞くと寿命が延びるような気がするとも言われた。

これまで、何度も声だけで美人だと勘違いされてきた。そのことで傷ついたこともあった。でも、今こそ磨き上げたこの声を使う時だ。

「おい」

美菜代から受話器を奪い取ろうとした成海の手首をつかみ、体を海老ぞりにしてこらえた。

「はい。お仕事のご依頼のお電話でございますか。ありがとうございます。あいにく、成海は外出中でございまして。ご用件をお伺いいたしますが」

勝手に出るな。押し殺した声で抗議する成海を手で押しのける。

私に任せておいて、と目で言った。

「わたくし、秘書の神戸と申します。お差し支えない範囲でご依頼の内容をお伺いできますでしょうか」

成海はもう止めなかった。諦めたのか黙って見ている。

「ええ。ええ。それから、畏れ入りますが、お客様のご紹介はどなた様からでしょうか」

美菜代はデスクの上のメモ帳に記入した。

「今日の午後四時でございますね。わたくしの手元では空いておりますが、成海に確認いたしまして、折り返しお電話を差し上げます。お電話いただきありがとうございました」

静かに電話を切った。

「お前なあ」

「秘書がいる一番いい点は、上品に居留守が使える、ということです」

「……なるほど」

「事前に話を聞いて、依頼を取捨選択することもできます」

成海は仏頂面のまま、デスクの前に座った。

「ね。なかなか便利なものでしょ」

「……それで、依頼はどういう話なんだ」

「サルに負けた女らしいです」

「サル……？」

依頼人が事務所に入ってくると、部屋の中にはいい香りが充満した。かなり高級な香水をふんだんに使っているに違いない。身長約百七十センチ、細身、整った顔立ち。スーツ、バッグ、靴……一分の隙もない一流ブランド品だ。爪はきれいにネイルしてあるし、髪の毛先もくるりと巻いている。ハイヒールのつま先も艶やかに磨かれている。

完璧だ、と美菜代は思った。爪、毛先、つま先。体の先端に女子の価値は表れる。彼女は自分を丁寧に扱っている。そういう育ちをしてきたのだ。

ただ、ブランドがどれも一目でどこかわかるのと、スーツが華やかなピンクなのがちょっとやぼったい。二十五、六にも見えなくはないが、三十代だろうと踏んだ。

彼女は、デスクの前に座る成海と、その横に立つ美菜代の顔を交互に見た。

「どちらが成海さん？」

美菜代は笑い出しそうになった。成海が明らかに気分を害した表情をしたからだ。

「こっちの、インテリジェンスやデリカシーのかけらもない女が、あなたの復讐を遂げてくれるとお思いですか」

美女はちょっと眉をひそめた。

「失礼ですけど？」

意味がわからなかったのかもしれない。ただ、自分が非難されたのは感じたようだ。

「あなたが成海さんですの？」

「ですから、こんな女に復讐してもらいたいのか、と聞いているんですよ」

成海はまだこだわっている。

「所長」

美菜代は口をはさんだ。彼の言葉にはむかついていたが、客の前で表情を変えない訓練はできている。成海を所長と呼ぶというのは、彼女が来る少し前に決めたことだ。

「お客様におかけになっていただいたらいかがでしょうか」

「ああ」

成海はやっと我に返った。

「ご案内して。神戸君」

ご案内するもなにもない。目の前にあるソファに座らせるだけなのだから。

「こちらにどうぞ。お茶は冷たいものと温かいものとどちらがよろしいですか」

「温かいハーブティーをいただきます」

「すみません。あいにくハーブティーはないんです。緑茶ですがよろしいですか」

「結構です」

美女は座って、そろえた脚を斜めに伸ばした。

「あたくし、荻野貴美子《おぎのきみこ》と申します」

「成海慶介です」

貴美子は、美菜代が淹れた茶を一口含んだが、それ以上口を付けなかった。

やはりすぐにでも新しい茶葉を買ってこなくては、と美菜代は思った。ここの茶葉は茶色に湿気たものしかない。

美菜代は部屋の隅の小さなキッチンに戻り、置いてあった丸椅子に腰かけた。わびしいけれど、他に座るところはないのだからしょうがない。

「お電話で秘書がお聞きしたところでは、代議士の田村《たむら》まこと氏のご紹介だとか」

「ええ。父が同郷の親友で、有力な支持者の一人ですの。田村のおじちゃまには子供の頃からかわいがっていただいて」

「僕もよく存じ上げていますよ。田村先生とは何度かお仕事をさせていただきましたので」

「それで……」

美女は口ごもった。

「復讐したい相手がいるのですね」

成海がはっきり口にした。

美菜代はそっと二人を見つめる。彼は軽く身を乗り出して微笑んでいた。さあ、なんでも話しなさい、僕が解決しますよ、というように。

美菜代の時の態度とはずいぶん違う。

「あたくし、ついこの間まで、中部地方の県会議員の息子の宗方裕也《むなかたゆうや》という方と婚約しておりました」

「その方のお仕事は？」

「現在は大手広告代理店に勤めています。結婚したら、お父様の秘書と、ご実家の建設業の手伝いをすることになっていました」

「つまり将来は、父親の事業と地盤を継ぐということですか」

「ええ。たぶん」

「ほお。それはお似合いのお相手ですね」

「あたくしたち、セレブだけが集《つど》う婚活パーティで知り合いましたの」

「最近はあるようですね。医者限定とか、弁護士限定とか。テレビで観たことがあります」

「いいえ。そういうものではありません。そんな商業化したパーティでなく、本当に厳選された、良家の子女だけの小さな集まりですわ。紹介者がなくては入れませんし、身元のチェックも厳重です。最近の晩婚化を憂えた政財界のトップの方たちが作った、本当の秘密クラブですの」

「なるほど」

「会ってすぐ、あたくしたち恋に落ちました。彼はちょっと年下なんですが、とても頼りがいのある方でまったく歳の差を感じませんでした。彼の方も、あたくしのことを年下だと思っていたそうです。一目惚れでした。お互い」

「恋愛のほとんどは、愛している人物と愛されてもいいと思っている人物によってなされています。愛し合う、つまり相互愛ということ自体、偶然のたまもの、奇跡です。一目惚れはさらに希少種ですから、男女両者同時に一目惚れが起きる確率は天文学的な数字です。不可能に近い」

「そうですか？　あたくし、恋のほとんどはお互いの一目惚れで始まりますけど？」

成海は、皮肉を言いたそうににやっと笑った。けれど、相手が少しうるんだ目で彼を見つめているのに気がついたのか、笑みを引っ込めた。

「──が、まあ、あなたほど魅力的な方とならそういうこともあるんでしょう」

「ええ。それで、出会って三カ月で婚約しました。ところが」

貴美子の目から涙がはらりと落ちた。彼女はバッグを引き寄せて、中をかき回した。

いつまでたってもハンカチが出てこないので、成海が立ち上がって本棚まで歩いて行き、ティッシュを一枚取って彼女に渡した。

ハンカチを持っていない美女、と美菜代は心の中にメモした。意外とだらしない性格なのかもしれない。

「どうしました？」

「……彼が突然、婚約を破棄してきたんです！　本当に突然でした。あたくしたち、お互いの両親に紹介して、式の日取りの話し合いまでしてたんです。それなのに」

「どうしたんですか」

「彼は一方的に式を延期してほしいと言ってきたんです」

「その理由を改めてお話しいただけますか」

「ムナカタハナコのせいですわ」

「ムナカタハナコ？　ムナカタハナコとは誰です？　先ほどの電話では、サルのせいだと伺ったようですが」

「ですから、サルがムナカタハナコです」

「ムナカタ、ハナコ」

「彼の家の姓が宗方、そして、サルの名前がハナコですから」

「なるほど」

「もともと、近所のペットショップで売れ残ったサルです。それが殺処分されることになると地方紙の記事になり、彼のお父さんが引き取りたいと申し出たそうなんですの」

「ほお」

「どうせ、選挙対策ですわ。田舎議員が考えそうなことじゃないですか。実際、とても優しいお方だと、評判になったそうですから。でも、買ってからは家族全員がサルをかわいがっていたそうです」

「あなたはどうですか？」

「え」

　突然、聞かれて彼女は驚いたようだった。

「あなたはハナコについてはどう思っていましたか。お会いになったんでしょう」

「年取った貧弱なサルでした。でも、あたくしが世話をするんじゃないですからどうでもいいことですわ。ただ、サルのせいで家の中が臭いのには閉口しました」

「そうですか。それで、式の延期とはどう関係してくるんです」

「日取りを決めたあと、そのハナコが病気になったんです。命に係わるほど重い病気に……それで家族全員が悲しんでいるので、治るまでは結婚できないと言われたんです。でも、あたくし、どうしてもそれは呑めないって突っぱねたんです」

「なぜです？　そのぐらい待ってあげたら」

「でも、そうしたら、あたくし、三十になってしまいます！　どうしても二十代のうちにお嫁に行きたかったんです」

「なるほど、そうですか」

「ハナコが治らなかったらどうなるの？　死んだら結婚できるの？　と彼に聞いても、わからないと言うんです。もし死んだら、一年ぐらいは喪に服したいとも。あたくし、頭にきちゃって」

「お気持ちはお察しします」

「式の延期はできないと言ったら、今度は結婚の話自体を白紙に戻したいと言われて」

「すぐに謝って、延期を呑めばよかったのに」

「もちろん、そうしました。でも、ハナコに優しくできない人とは家族になれないと言われました」

部屋の隅で聞いていた美菜代は小さくため息をついた。貴美子は虫の好く人間ではないが、急に破談にされた女の気持ちはよくわかった。ずっと夢想していた未来が足元から崩れ落ち、人生が根こそぎ奪われてしまった、その気持ち。同情せずにはいられなかった。

貴美子は、ティッシュを小さく握りしめていた。

「田舎者のたかが県会議員のくせに、思い上がったあの家族をまとめて殺してやりたい」

「まあ、落ち着いて」

「いえ、落ち着けません。サルのムナカタハナコも一緒に殺してやったらどんなにすっきりするでしょうか」

成海は、今度ははっきりとにやりと笑った。

美菜代は彼が言いたいことが聞こえるような気がした。

——やっと本性が現れたな。

「それでは、いくつか質問させてください。あなたの復讐を遂げるために大切なことですから、多少、失礼なことも伺うかもしれませんがご了承ください」

「ええ」

「先ほど、彼はあなたより少し年下だと伺いましたが、いったいおいくつ違うんですか」

「あたくしたち、本当に歳の差を感じませんでしたの。二人でいると、あたくしの方が年下に見られることも多くて、そして」

「そんなことどうでもいいんです。いくつ違うんですか、って聞いているんですよ」

貴美子は、小鼻を膨らませて息を吸い込んだ。

「三つだけです」

「あなたは三十でしたよね。彼は二十七なわけだ」

「彼と出会った時は、二十九でした。彼は二十六です」

「はいはい。つまり今は四つ違うと」

成海はメモを取っている。

「ムナカタハナコのこと以外で、その婚約破棄にいたるまでの間、何か変わったことはありませんでしたか」

「いいえ、特には」

「本当に？　けんかなどは？」

「けんかなんかいたしません。彼は大らかな性格で、あたくしのわがままはなんでも聞いてくれました」

「彼のご両親とはいかがですか。良好な関係でしたか」

「ええ。もちろん。あたくしと婚約したことで、報告やら紹介やら、よく実家の方に帰ることになりましたから、ご両親も喜んでいました」

「そうですか」

「それまで彼は盆暮れ以外、実家に顔を出してなかったようでした。仕事もありましたし、東京の人間関係もありましたから。それが、時々戻るようになって、地元の友達とも交流が再開したようでした。いずれは地元に戻って、建設会社を経営し議員になるのですから、彼にとってもいいことだとあたくしも喜んでいました」

「あなたは彼が将来、実家の方に帰るのは、どう思っていたんですか」

「あたくしは彼の言う通りにするつもりでした。あたくしをそれを嫌がるような並の女だと思わないで欲しいですわ。政治家の妻として完璧に振る舞う自信もありました。田村のおじちゃまのところで選挙のお手伝いもしたことありますから」

「なるほど」

成海は手帳を閉じた。

「けれど、ひとつわからないことがあるんですが」

「なんでしょう」

「どうして、あなたは今まで独身だったんですか？」

「ま」

貴美子が息を呑んで、目を見開く。

「お話を伺いますと、それなりのお宅に育ったお嬢様だし、おきれいになさってますし、お上品でいらっしゃる。これまでも降るように縁談があったんじゃないですか。それがどうしてこの歳まで」

「それは……ご縁がなかったんですわ」

「ああ。いい人がいない、とか言って選《え》り好みしているうちに行き遅れたクチですか」

「そんなことありません。素晴らしい人たちに出会ってきました」

「恋愛もたくさんなさってきたんでしょ。一目惚ればかりだと言われていましたね」

「そうですけど」

「なのにどうしてそのお相手とは結婚しなかったんですか？」

「それは……」

「あなた、本当に、今まで彼以外にプロポーズされたことあるんですか？」

「ありますよ。失礼な」

彼女の独身についての質問が始まると、美菜代は慌てて新しい飲み物を用意した。冷蔵庫の中にあったオレンジジュースをコップに注いで、お盆に載せる。

「だから、どうして、その人たちと結婚しなかったの？」

成海がさらに失礼な質問をしたところで、美菜代は飲み物を替えるのに間に合った。

「ずいぶん、熱心にお話しされたようですし、お疲れではありませんか？　ちょっとお休みになったらいかがですか」

成海も貴美子も美菜代を見上げ、張りつめた空気が一瞬緩んだ。二人ともそろってジュースには口を付けなかったが、声をかけた効果はあったようだった。

美菜代が下がると、成海は咳払いした。

「まあ、田村先生というしっかりしたご紹介者もいらっしゃいますし、仕事は引き受けさせてもらいます」

「引き受けていただけますか」

貴美子がほっとした声を出した。

「では、彼と家族に制裁を加えてやってください。でも、彼が気持ちを入れ替える、って言うならよりを戻すことを考えてやってもいいですわ」

「え。殺してやりたいような相手とまだ結婚したいんですか」

「ですから、彼がどうしてもと言うなら、ということです」

言葉とは裏腹に、貴美子はまだ未練たっぷりのようだった。

「それは復讐というより復縁ですよね」

成海は自分のダジャレに気づいて嬉しそうだった。

「どっちでもいいです。ついでにサルのムナカタハナコも処分してくださったらすっきりします」

「田村先生からお聞きかと思いますが、手付は百万、現金です。別に経費を実費でいただくのと、成功報酬を百万いただく」

「もちろん、かまいません。ここに用意してきました」

貴美子はハンドバッグを開けると封筒を出し、銀行の帯のついた札束を見せた。

「確かに」

成海はざっと見て、スーツの内ポケットに入れた。

そして、にっこり笑った。

「あなたの復讐はもう成し遂げられたも同然です」

荻野貴美子が帰っていくと、成海は「あーあ」と言って、そのまま座っていたソファに倒れ込んだ。

美菜代がジュースのコップを片付けていると、

「そのオレンジジュース」

と言った。

「ええ」

「あの女が飲まなくてよかった」

「どうしてですか」

「もう、一カ月以上冷蔵庫に置いてある」

「げ」

美菜代はぞっとしてコップをのぞいた。心なしか、ジュースの底に沈殿物が見える。その間に彼はいびきをかいて寝てしまった。揺すってもまったく起きる気配がない。仕方なく、美菜代は、隅のロッカーにあった道具を使って部屋の掃除をした。大きな汚れはなかったが、四隅に埃がたまっている。丁寧な掃除はしばらくされていないようだった。

窓の外に夕焼けが見えてくると、いったい自分は何をしているのだろうと、もの悲しい気分になった。けれど、彼の復讐を学ぶまでは帰れない。美菜代は夕日に再度復讐を誓った。

あたりが暗くなったころ、成海はやっと目を覚ました。

「なんだ、まだいたのか」

「まだいたのか、じゃないですよ。いつまで寝ているんですか」

「仕事すると疲れちゃうんだよ。ああいう自意識過剰の女と話すと、特に」

言いながら目やにを指で取る。顔のいい男でも、こんなことするんだ、と美菜代はちょっと失望した。

「それで？　どうするんですか」

「どうする？　何を？」

「復讐です。荻野貴美子さんの。何から始めるんですか」

成海は肩をすくめた。

その時、ドアをノックする音が聞こえた。

「入れよ」

彼が怒鳴ると、背の高い美女が入ってきた。美菜代はそのまつ毛を凝視してしまった。一本一本が作りものみたいに長くて（作りものかもしれない）美しい。プロの美女だ、と思った。モデルか女優か知らないが、その美貌でご飯を食べているレベルの女だ。荻野貴美子も美しいが、少しレベルの違う美女だった。

「今日はもう、帰っていい」

「ええ⁉」

美菜代は二人を交互に見た。

「嬉しいだろ。六時に帰れるんだから。残業なしだ」

「仕事は？」

「明日から、明日から」

何かもやもやしたものを残しながら、美菜代は帰宅した。


翌朝、事務所に出所すると成海は来ていたが、相変わらず、ソファで寝ていた。美菜代が揺り起こすと、面倒臭そうに片目だけ開けた。

「殺すぞ」

「え」

「今度、おれを起こしたらぶっ殺す」

そして、また、目を閉じた。美菜代は彼の向かいに座った。相変わらず端正な顔立ちだった。

「何見てんだよ。見んじゃねえよ」

目をつぶったまま言う。

「だって、ここしか座る場所がないんです」

成海はやっと起き上がり、うーっと伸びをした。

「しょうがねえなあ。お前の机と椅子を買いに行くか」

「買ってくれるんですか！」

「いつまでもそこに座られたらたまんねえからな」

「でも、仕事は……」

「いいからいいから」

成海はビルの駐車場に駐《と》めてあった車に美菜代を乗せた。右ハンドルの黄色のオープンカーだった。サングラスをかけて乗り込む彼に、彼女は何か皮肉を言ってやりたかったが我慢した。家具の量販店に行って一番安いデスクと椅子を買い、帰りにスーパーに寄って、お茶とジュース、茶こしなどの備品を買った。

満足のいく買い物だった。しかし、成海が勘定のたびにおもむろにスーツの内ポケットから昨日もらったばかりの百万円の束を出して払うのが気になった。そのたびに店員もまわりの人もぎょっとする。彼はそれが楽しくて仕方がないようだった。

帰り道、運転をしている成海に、美菜代は思い切って尋ねた。

「あの」

「なんだ」

前を見たまま言った。

「まだ仕事に着手もしてないのに、お金をつかっちゃっていいんですか」

「してるよ」

「え」

「仕事はしっかりしている。今、こうしているのが、仕事だ」

「でも、復讐するんですよね？　あの荻野貴美子さんの相手に」

「だから、今、復讐している。それだけじゃない。ついでに依頼人を幸福にしている」

「は？」

「お前にもちゃんと説明しておいた方がいいな」

「どういうことですか」

「『復讐するは我にあり』って言葉、知ってるか？」

「聞いたことはありますが、よくは知りません。映画の題名でそんなようなの、ありませんでしたか？」

「映画の題名でもあるが、本来は聖書の言葉だ」

「へえ」

「おれらよりずっと偉い全能の神が言っているんだ。人間が浅はかな小知恵を働かせて復讐することはない」

「意味がわかりません」

「教養のない女だな。『復讐するは我にあり』っていう言葉の意味がわからないのか」

「だから、復讐するのは私ですよ、っていうことですよね？　これから復讐する人の強い決意を表しているんじゃないですか」

「違う違う」

ちちち、と成海は舌を鳴らした。

「神様の言葉なんだ。復讐するのは自分だ、神である自分が復讐するんだからお前たち人間は復讐しなくていいんだよ、っていう意味」

「へえ。そうなんですか。まったく反対の意味だと思ってました」

「まあ、解釈はいろいろあるらしいが、あれは神の慈悲の言葉なんだよ。そして、おれへの慈悲の言葉だ。復讐は自分がやるから、お前は遊んでいなさい」

「つまり……？」

「つまり、おれは何もしない。神様が復讐してくださるから」

「……ばかな。じゃあどうするんですか！　これから。貴美子さんの復讐、何もしないつもりですか」

「そうだよ。言っただろう」

「かわいそうです！　気の毒すぎます。貴美子さんはあなたを信じて、百万円も払ったんですよ！」

「それこそ間違ってる。復讐なんてしない方がいいんだ。復讐しないことが、依頼人の真の幸福につながるんだよ」

「あなた、自分の言っていることがわかってます？　理屈こねても詐欺師ですよ。やってることがまるっきり」

「じゃあ、お前は罪のないサルを殺すのか？　かわいそうなムナカタハナコを。おれは老いぼれたサルに冷たい人間が一番嫌いだ」

「でも、せめて三十になるまでに結婚したいっていう気持ちもわからないではないです」

「そんな論理的でない理由で行動するから不幸になるんだ」

「ひどい人」

「どうとでも言え。お前ももうすぐわかる。復讐は必ず成し遂げられる。神様が言ってるんだ」

「神なんか信じていないくせに」

「ばれたか」

「当たり前ですよ。あなたの行動が神を信じている人の態度ですか」

「でも、復讐だけはちゃんとしてくれるんだ。まあ、見てなさい」

成海は不敵に笑った。

宣言通り、成海は本当に仕事をしなかった。たいていは事務所で寝ていて、時々、出かけていく。夕方になると、毎日違った美女が事務所にやってきた。女子大生らしい二十代前半の女もいれば、人妻のようなしっとりした四十代女性もいた。本当に信じているなんていい加減な人なんだろう。復讐は神様がしてくれるなんて、本当に信じているのだろうか。

美菜代はひどく腹が立ったけど、心のどこかで本当に神様がしてくれるならその復讐を見てみたい、という気持ちもあった。ムカムカしながらも事務所通いをやめられなかった。

荻野貴美子からは何度か電話があった。復讐はどこまで進んでいるのか、彼のSNSを監視しているけど、毎日楽しそうでまったく不幸になった気配がない。どういうことなのか、という問い合わせだった。

貴美子の電話に、成海はどうどうと居留守を使った。

「荻野貴美子さんからの電話ですよ」と美菜代が伝えると、読んでいる新聞から目も上げず「ちゃくちゃくと進みつつある、と伝えなさい！」と怒鳴った。

さすがの美菜代もしびれを切らしそうになった頃、また、貴美子から電話があった。彼女が事務所を訪れて二週間後のことだった。

「所長いらっしゃる？」

朝一番にかかってきたそれは、どすの利いた声だった。上品な彼女の声は作られたものだったらしい。地声に戻ったのは、朝のためなのか、精神的に追い詰められているためなのかはわからなかった。

「いいえ、今、成海は外出しておりまして」

目の前のソファに寝ている成海を苦々しく思いながら、言った。

「今すぐ話したいの。スマホぐらい持っているでしょう？　すぐに捜して」

「はい。ただ、もしかしたら」

「早急に連絡して。一刻も早く！　お願いした復讐を中止してもらいたいのよ！」

「え。何があったんですか」

その時、成海が起き上がって、美菜代に「電話を替われ」とジェスチャーした。

「あ、荻野様。今、成海が戻ってまいりましたので、お電話を替わります」

彼は気取ったしぐさで美菜代にウィンクしながら、受話器を取った。なんだかよくわからないが、機嫌がいいらしい。

「お待たせしました。成海です。はい。ええ。はい」

あいづちを打ちながら、成海は美菜代の方を見て得意げに電話機のスピーカーのボタンを押した。貴美子の声が部屋いっぱいに広がる。

「……でね、実家が倒産寸前だって言うじゃないの。びっくりしたわ。不渡りを出しそうなんだって。あたくしのお父様か田村のおじちゃまに、どこかの銀行を紹介してくれるように頼んでくれって言うのよ。しかも、そのショックであちらのお父様は持病の高血圧が悪化して入院したんですって。あの人、泣いてたわ。いい気味」

「それで、ご紹介されたんですか」

「ばかね。するわけないじゃないの。きっぱり断ってやったわ」

「そうですか」

「すっきりした。それに、そんな不幸でお金のない一家に近づくなんてぞっとする。結婚しなくて本当によかった」

「それは、よかったですね。まさに『復讐するは我にあり』だ」

「は？　今、何とおっしゃった？」

「いいえ。お気になさらず。それで……復讐の件は中止ということで」

「ええ。もう、ほんの少しでもあいつらとは関わりたくないの。すぐに止めてちょうだい」

「そうですか。実は、こちらの方でも彼の実家について調査をしていたところなんですよ。復讐には綿密な調査が不可欠ですから。確かにご実家の経営はうまくいっていないし、お父様は入院されたらしい。荻野様にもご連絡しようと思っていた矢先でした」

何もしてなかったくせによく言うよ、と美菜代はあきれた。

「そうですの」

「それで、復讐の報酬についてですが、中止ということになっても手付金はお返しできません。すでに調査を始めていましたので」

「ええ。結構ですわ。いろいろお世話になりました」

「それでは、これで失礼します」

電話の切り際、貴美子は低く笑って、満足そうに付け加えた。

「結局、あたくしのことを裏切るような人間は皆、不幸になるのよ。ムナカタハナコも早く死ねばいいのに」

事務所の中には、貴美子の呪詛のつぶやきがしばらくこもっていた。

「窓を開けましょうか」

美菜代は思わず言った。

「うん」

事務所中の窓を開け放っていると、成海は言った。

「ほら。おれの言う通りになっただろう?」

「ええ」

美菜代は振り返った。

「正直驚いています。なんだか、うまくいき過ぎて信じられないぐらい」

成海は胸に手を当てて気障《きざ》なしぐさで、美菜代にお辞儀をした。

「お褒めいただいて、ありがとう」

「でも、なんだか怖いです。倒産に病気。本当に不幸になるなんて。呪いでもかけたわけじゃないですよね」

「まさか。逆だよ。神の力だ」

嬉しそうに微笑む成海を、美菜代はなんとも言えない気持ちで眺めた。しかし、その時気がついた。彼が幸せそうにしているのを、ここに来て初めて見た、と。

数日後、『成海事務所』のドアを叩く音がした。

「出てくれ。客だ。通してくれ」

デスクに座っていた成海は言った。

「はい」

美菜代がドアを開けると、スーツ姿の、すらりと背の高い男が立っていた。

「成海所長、いらっしゃいますか」

低い、良い声だった。胸にずしんとくるような。

「はい。どちら様ですか」

「宗方裕也と申します」

宗方！　あの、貴美子の元婚約者！

驚いても、客前なので眉一つ動かさずにうなずいた。

「どうぞこちらへ」

成海がにこやかに立ち上がった。

「ありがとうございます」

身のこなしや、言葉遣いがきちんとしている人だった。穏やかで育ちの良さも感じる。

これは貴美子も夢中になるはずだ。

「このたびは所長にお世話になりまして、一言お礼を申し上げなければ、と伺いました」

「いえいえ、お電話でもよろしかったんですよ」

「それでは、僕の気持ちがおさまりません」

は？　お礼？　気持ち？　どういうこと？

疑問を感じながら、美菜代はお茶を出した。彼は「ありがとうございます」と丁寧に言った。

「本当にお世話になりました。所長が突然、連絡くださった時には、正直、どういうお話かと警戒してしまい、失礼な態度を取ったことをお許しください」

「それは当然です。復讐屋です、なんて言ってすぐに信用してくれる人はいませんからね。ただ、こちらとしては、ちょっとした行き違いで不幸な人が増えるのは避けたいところでして、突然ながらご連絡いたしました」

「ちょっとした行き違い」

宗方は苦笑した。苦り切っているようにも見える。

「行き違いです。世の中は、そのせいでたくさんの不幸が生まれているんですよ」

「しかし、婚約を破棄したぐらいであの女があんなに怒り狂うとは思っていませんでした。結婚前に本性がわかってよかった」

破棄したぐらい？　美菜代は宗方の横顔を盗み見る。男にはそれがどれだけ大きなことかわからないのだろうか。体が地面に沈み込むような、人生が終わってしまったような、あの気持ち。

陣内もその程度の気持ちで、自分を裏切ったのだろうか。

「そもそも、どうして結婚を中止したのですか。サルのせいばかりではないんでしょう」

成海は尋ねた。

「彼女と出会って、私は惹かれました。なかなかの美人ですし、教養もある。ただ、最初は結婚しようとまでは思っていなかった。しばらくお付き合いしてから決めるつもりでした。ところが彼女の押しが強くて、あれよあれよという間に彼女の両親に紹介されてしまい、うちの家にも押しかけるようにやってきて、婚約を既成事実のようにされてしまいました。でも、まあ、いいかな、とは思っていたんです。確かに彼女なら、政治の世界にも詳しいし、議員の妻として務めてくれそうでしたから」

「それが、どうして」

「実家が彼女の年齢に難色を示しました。三十を越えた女は嫌だと祖母がそれはまあ、強く反対しまして。それで、考える時間がほしくて結婚式をちょっと待ってほしいと頼みました」

「それがサルの病気ですね」

「他にいい言い訳が見つからなくて。でも、彼女がどうしても延期したくないと言い張り、ハナコのことを悪し様《あざま》に言うのを聞くにつれて、なんだか気持ちも冷めてしまったんです」

「なるほど。わかりました。まあ、お互い、同じような都合のいい絵を描いていたのが、途中からデッサンの狂いに気がついた、ということでしょうね」

成海の皮肉な口調に、宗方は肩をすくめた。

「ひどい男だと思っているのでしょう。でも、それだけではありません。婚約のために彼女と実家を何度か行き来して、いろいろわかってきたこともありました」

「どういうことですか」

「これまで東京の生活に必死で、故郷のことはあまり考えていなかった。久しぶりに昔の友達に連絡を取りました」

「そうですか」

「僕も若い頃はお恥ずかしいですが、成績も素行も決してよくなかったんです。ただ、実家がああいう家だから、東京の大学に行きました。高校を卒業したところで、無理やり東京の予備校の寮に入れられ、なんとか一浪で大学に入れたんです。就職も親父のコネです。今はいっぱしの社会人に見えるでしょうが、本当は地方のヤンキーです。地元に帰って、久しぶりに友達に会ってそれを思い出した。彼らとの再会が思いのほか、楽しかったんです。気楽で温かくて。なんだか、自分の居場所はここなんだと、再発見した気持ちでした。でも、貴美子がその場所に溶け込んでくれるとは思えなかった」

「では、彼女に正直にそれを話してみたら」

「どうしてそんなことするんです？　気取った、行き遅れ女に。地元には、かわいくて若くて自分の言いなりになる女がごまんといるのに」

「そうですか。では、ご自由にお過ごしください」

「そうしますよ。これからは、地元のために尽くします」

「これは、もう立派な政治家におなりだ」

成海は眉をあげて皮肉っぽく言った。

「まあ、所長には感謝しますよ。あなたが連絡してくださって、親の病気や会社の不調を大げさに話しなさい、とアドバイスしてくれなかったら、あの女、今頃も逆恨みしていたでしょうからね。実際、親の会社は業績があまりよくないし、父は人間ドックの再検査になりましたが、彼女に言ったほどじゃない。どうして家のことがわかったんです?」

「どんな家にも、一つや二つ、不幸のタネがあるものです」

「不幸と言うほどではないですけどね。うちは」

「最後に、もう一つアドバイスをさせていただきます。一年ぐらい、SNSに書き込むのはおやめなさい。幸せなことはなおさらです。貴美子さんがどこで見ているかわかりませんから」

「ご忠告ありがとう」

宗方は、内ポケットから封筒を取りだした。

「これ、今回のお礼です。お受け取りください」

「どうも」

成海は悪びれずに受け取った。宗方はもう一度丁寧にあいさつして帰っていった。

ドアから廊下をのぞいて、彼が完全に事務所を離れたのを確認してから、美菜代は叫んだ。

「そういうことだったんですか！」

「いい考えだろ。貴美子は新しい道を歩む。宗方は地元に帰って若い女と遊ぶ。おれは金をもらう」

「あきれました。神様じゃないじゃないですか」

「二人の気持ちを変えたのは、神様だよ。おれはちょっと手を貸しただけ。あいつらはどっちも身勝手な人間だ。ああいう男女が結婚する方が不幸だよ。おれはこんがらがった愛の糸をほどくキューピッドだと思ってほしい」

「キューピッドじゃないですよ」

「でもな、宗方も貴美子も本当の悪人じゃない。ただ、自分の欲に正直なだけだ。おれは嫌いじゃないよ。適当に幸せになってほしい」

「適当にって」

成海は、デスクの引き出しから書類の束を出し、美菜代に手渡した。

それは、宗方の父の会社の財務状況を調査したものだった。

「これ……」

「宗方はああ言っていたが、建設会社の内情は火の車だ。父親は選挙に金を使い過ぎているし、節操なく選挙のたびに党を替わっている。さすがに地元にもあきれられているらしい。次の選挙では勝てないだろう。貴美子は破談になってよかったかもしれないよ」

「でも、あの若い宗方裕也に代が替われば当選できるかも」

「まあね。それは神にしかわからない」

成海は、謝礼の札を数えだした。

「いくら入ってたんですか」

「五十万」

「うわ。大金」

「まあ、口止め料も入ってるんだろ」

そこから、十五枚数えると、美菜代に渡した。

「これ、今月の給料だ」

「え」

「ただほど高いものはないからな」

美菜代は札を握って、成海の顔を見つめた。自分が今、どんな顔をしているのか、鏡で確認したいような、決して見たくないような複雑な気持ちだった。彼はまたソファに横になると、大きないびきをかき始めた。

第二話

オーケストラの女

雨が降っていた。

神戸美菜代は、セレブからの依頼のみを受ける復讐屋『成海事務所』で、客の女と二人、所長の成海慶介を待っていた。

美菜代は自分のデスクの前に座り、女は来客用のソファに座っていた。美菜代は姿勢のいい女を、斜め後ろから時折盗み見ていた。冷たい緑茶を口に運ぶ時の、氷がグラスとぶつかるほのかな音の他は雨音しか聞こえなかった。

「遅いわね」

女が言った。

「すみません。所長はこの頃、朝が遅いんです」

「いいのよ。あなたが悪いわけではないんだから」

彼女は、昔成海に世話になった者だ、と美菜代が出勤して早々に訪ねてきた。四十を少し越えるぐらいに見える。グレーのサマーセーターにロングスカートをはき、ハンドバッグを横に置いていた。緩くパーマのかかったショートカット、必要最低限のお化粧、決して美人ではないが、すべてがしっくりと身になじんでいる。

美菜代は今朝、コンビニエンスストアでコーンとマヨネーズのパンを買ってきていた。ぎとぎとに油が浮いた飛び切りゲスいパンだ。恋愛中はダイエットをしていたから決して食べなかったけれど、今はかまいやしない。その袋を開けて、かぶりつこうとした瞬間の訪問だった。パンは今、デスクの引き出しの中にある。臭わないかちょっと心配だった。

「私が初めて成海さんに会ったのは、あなたぐらいの時よ」

唐突に女が話しだした。

「彼も復讐屋として駆け出しの頃だった。もっと小さな、下町の事務所で、一人でお仕事をなさってた」

そこまで話すと、女は口をつぐんだ。

「私、なんだか信じられないんです」

思わず、美菜代は言った。

「何が?」

「あなたのような方が、復讐を頼んだなんて」

「そう見える?」

「変なこと言って、すみません」

「いいのよ。そうよね。私自身も信じられないほどだわ。昔の私がそれほど誰かを憎んだなんて」

　女は低く笑った。

「でもね、そうなのよ。私にもそんな激しい日々があったのよ……」

　そして、女が話し始めたのは若き日の恋の話だった。

「まだアラサーなんて言葉がない時代よ。結婚に関しては今よりもずっと厳しい時代。私は行き遅れと言われる年齢だった。でも全然気にならなかった。彼がいたから」

　女は同棲している相手がいた。同じ年で大学在学中から付き合っていた。彼は大学院を出たあと研究室に残り、どこかの大学の教授になろうと努力していた。それをずっと働いて支えてきたのが彼女だった。

「念願かなって、千葉の大学に教授として赴任することが決まったの。もちろん、私はやっと結婚できるんだと大喜びした」

　なのに彼の口から出たのは、そこには一人で行く、という言葉だった。

「表向きは私に仕事をやめさせるのが忍びない、という理由だった。それで、私は思い切って結婚したいと伝えたんだけど、期待しないでくれとはっきり言われたわ」

　彼は一人で引っ越していった。さらに、しばらくして、彼女の耳に彼が年若い女性と結婚する、という噂が届いた。相手は元の大学の学生で、研究室にいる頃からの付き合いだったらしい。

「あの時の目の前が真っ暗になって体中がどこかに落ちていくような気持ち、忘れられないわ。なんども自殺したいと思った」

思い余った女は成海の元を訪れた。

「お恥ずかしいことだけど、長い間同棲していたから、彼の写真を何枚も持っていたのよ。ポラロイドで撮った、赤裸々な写真もあった」

何十枚にも及ぶその写真を、成海に渡した。

「リベンジポルノなんて言葉はない時代よ。もちろんネットもこんなに普及していなかった。私は彼に、あの人の妻の実家を捜してこの写真を見せてもらいたいとお願いしたの」

数週間後、成海から確かに写真は向こうの両親に送りつけた、という連絡を受けた。

「胸がすっとしたわ。しかも、一年もしないうちに、彼らが離婚した、っていう噂も聞いたの。嬉しかった。小躍りしたほどよ」

それから、数年後、彼女は東京の街角で彼とばったり出会った。

「彼は驚くほど、げっそりと痩せていて別人のようだった。向こうから私に声をかけてきて、いろいろ申し訳なかった、って謝ってくれた。でも、その彼の様子を見ているうちに、私は人間として最低のことをしてしまったんだ、ってわかったの。逃げるようにその場を離れたわ」

そして、彼女は再び成海の元を訪れた。

「他に話せる人が成海さんしかいなかったの。あんなことをしてしまって心から後悔している、私は取り返しのつかないことをしてしまったって」

するとと成海は、よかった、と笑った。大丈夫、あなたは何もしていませんよ、と。

彼は金庫の中から、彼女が預けた大量の写真を取り出して見せてくれた。向こうの家族に渡したというのは嘘で、ずっと彼が持っていたのだった。

「私、大声をあげて泣いた。本当に本当にほっとしたの。彼のおかげで憎しみを形にせずに済んだ。ありがたかった」

「そういうことだったんですね」

「成海さんは、彼らが離婚した理由も調べてくれた。彼女にはずっと他の男がいて、ただ、大学教授の妻という肩書が欲しくて近づいたの。結婚後もその男とは切れていなかった。それで離婚したんだって。成海さんは彼の現在の住所も調べてくれた。もし、その気があったら、もう一度、連絡を取ってみたらどうですか、って」

「それで？　あなたはどうしたんですか」

美菜代は身を乗り出して尋ねた。

「最初はためらったの。実際は復讐していなかったとはいえ、彼らを陥れようとしたことは間違いないから。だけど、成海さんに説得されてね……復讐を願うことと、実行してしまったことは違うと」

そうだろうか、と美菜代は思った。行動に移さなかったのは成海で、彼女は復讐屋まで写真を持ち込んだのだからほとんど実行に移したも同然じゃないだろうか。けれど、そう言いくるめたのは、いかにも成海らしい屁理屈だと思った。

「思い切って手紙を書いたの。この間はごめんなさいって。そして、再会して……私たち、結婚したの」

「え……」

「驚いた？　もしも、復讐していて、離婚が私のせいだったら、連絡はできなかったでしょうね」

女はハンカチをハンドバッグから取り出して、話の途中から流していた涙をぬぐった。立ち上がって、美菜代の方を見た。

「主人は一カ月前に、死にました」

「え」

「癌でね。見つかった時は手遅れで」

「それはご愁傷様でした」

美菜代も慌てて立ち上がり、頭を下げた。

「いいえ。ただ、成海さんに伝えたかったの。彼のおかげで私は人の道に外れずに済んだ。夫の最期を看取ることもできた。本当に感謝している、と」

「そろそろ出所すると思います」

「いいえ。もういいわ。十分聞いていただいたから。あなたからお話ししておいてちょうだい」

「でも……すぐ来ると思いますよ」

「なんだか、気が済んだ」

女は出て行った。

ほとんど入れ替わりに、成海が入ってきた。

「所長！　今、女の人と、すれ違いませんでした？」

「女？　いや？」

「今、来た人、昔、所長にお世話になったってお礼言いに来たんですよ！　同棲相手が他の若い女と突然結婚することになって……」

勢いこんで話し始めた美菜代を、成海はさえぎった。

「どうでもいいよ、そんなこと。それより、また、大きな話が入ってくるぞ」

「でも」

「ヴァイオリニストの復讐だ。今、紹介者から電話があった」

「大きな話ってどうしてわかるんですか」

「子供をヴァイオリニストにするには、多額のお金がかかるだろうが！　金持ちの家じゃなきゃ育てられないんだよ！　もしも金がなかったらヴァイオリンを担保にするってこともできるしな。手付二倍もらおうか」

張り切っている成海の後ろ姿に、「ゲス」と美菜代は小さくつぶやいた。

「いいえ。普通のサラリーマン家庭でした。ですから音楽大学を出るまで、両親はずいぶん大変な思いをしたのではないかと思います」

やってきた依頼人の、女性ヴァイオリニスト・永倉乙恵《えいくらおとえ》は、成海の雑談と見せかけた誘導尋問にそう答えた。

「でも、お持ちのヴァイオリンはずいぶんお高いものなのではないですか？」

「ええ。確かに今使っているストラディバリウスは大変高価な楽器です。数千万円以下ということはないでしょう。でも、これは保険会社が作った財団から借り受けているものです」

「では、あなたのものではないんですか」

「はい」

乙恵は平然と答えたが、成海はかなりがっかりしているのが見て取れた。

「でも、これを使えるのももうわずかかもしれません」

「どうしてですか」

「ストラディバリウスは、私が新関東フィルのコンサートマスターになってから貸し出されたものです。コンマスを降りた今、たぶん、財団は楽器の返却を言ってくるでしょう」

彼女は傍らの四角い布に覆われたケースに優しく手をかけ、視線をそそいだ。それだけで、彼女の楽器に対する、並々ならぬ愛情がうかがわれた。

「だから、私が奪われたのは、コンマス、女性の場合はコンミスとも言いますが、その地位だけではありません。楽器、信用、仕事……レッスンしていた生徒たちも離れていきました。母校の講師をしておりますが、もしかしたらそれも来年は契約してもらえないかも。つまり人生のすべてを奪われたんです」

「金は？　その中に現金は入ってないのですか？」

成海はしつこくこだわっている。

「音楽の世界をご存じないようですね。日本のオーケストラではコンサートマスターといえども生活するのがやっとです。それができるのも在京のいくつかのオケだけ。音楽家のほとんどはレッスンとアルバイトで食べているのが実情です。しかも、少しお金が貯まったら弓を買い、またお金が貯まったら、その弓を売ってお金を足してさらに良い弓を買い……もっとお金が貯まったら楽器を買い、さらにお金が貯まったらその楽器を売って新しい楽器を買い……」

「もうわかりました。結構です」

成海は手を振ってさえぎった。

「そんなふうにただただ一生を音楽にささげるのがヴァイオリニストの人生なのです」

「でもわかりませんね。そんなお金にもならないことのためにどうして努力されるのですか」

「どうして?」

乙恵は笑った。

「そうですね。おかしなことだと思われるかもしれません。ヴァイオリン教室の生徒数だって、子供が少なくなってきた今は頭打ちです。音大の入学希望者さえ少なくなっていると言われている昨今ですから。でも、ただ、それは……音楽があるから、私には音楽が必要だから、としか言いようがありません。自分を表現するのは、音楽しかないいんです」

自嘲気味な言葉だが、美菜代はうらやましかった。自分を表現するものを持っているなんて、どんなに素晴らしいことだろう。

「成海さんの復讐にはお金がかかると聞いています。私には祖母からゆずられた財産がほんの少しあります。それと新しく弓を買うために貯めていたお金を使いますから大丈夫です」

乙恵にも成海の懸念が伝わったらしい。苦笑しながら説明した。

「もちろん、それで結構ですよ」

「私はすべてを失いました。あの女、そして、男のせいです」

「どういうことか、最初から順を追って説明してください」

成海はやっと彼女の経済状況から依頼内容に関心を移したらしかった。

「はい。すべては新関東フィルに新しい指揮者がやってきたところから始まりました……」

乙恵は三年前に新関東フィルのコンサートマスターに就任した。

日本最高峰の音大を卒業してから十年。血のにじむような努力を続けてきた結果だった。

「だいたい、新関東フィルに入れたことだって、大変な僥倖《ぎようこう》でした。毎年、日本国内のオーケストラのヴァイオリニストの欠員は数人です。そこに日本中、いえ、下手したら世界中のヴァイオリニストたちが集まるのですから」

「なるほど」

「私はたくさんの面接とオーディションを重ねてやっとその地位を手に入れたのです。

それでも、入って数年はまったく評価されませんでした。オケの中には、私には音楽性を感じないとはっきり言う人もいました。そういう世界なんです」

「大変ですね」

「ですから、コンマスになれた時は飛び上がりたいような気持ちでした」

コンマスになった後も常に批判や批評にさらされる日々だった。その中で少しずつ内外の信用を得、やっと確固たる地位を築き始めた矢先だった。

「理事長が新しい常任指揮者を連れてきたんです。海外の有名指揮者に絶賛された、新進気鋭の指揮者、葛城真悟《かつらぎしんご》を」

「誰？」

「ご存じないんですか？　あの葛城真悟ですよ」

「知りません。聞いたこともありません」

成海が、知ってるか？　という顔で美菜代を振り返ったので、首を横に振ってみせた。

「そうですか。門外漢の方にはそうかもしれませんね。彼は若くてハンサムだし、今売り出し中の指揮者なんです。ほら、数年前にモデルの大平裕子《おおひらゆうこ》と噂になったこともあるじゃないですか。写真週刊誌に撮られて」

「知らないなあ」

「……まあいいでしょう。彼が常任指揮者になって観客が増えました。若い女性ファンが多いので」

「へえ」

「彼の指揮は粗削りで、音楽の方向性もはっきりしませんでした。でもまあ、海外からの評価というのは日本では錦《にしき》の御旗《みはた》ですから」

「ふうん。それであなたとはどう関係してくるのですか」

「彼が指揮者についてから、私に対しての露骨ないじめが始まりました。皆の前でささいなことを注意するのです。とてもコンサートマスターに対するような注意でないことを」

「例えば？」

「曲の出だしで私が一瞬遅れる、とか」

「そうなんですか？」

「そんなわけありません。これまでそんな注意を受けたことは学生時代を合わせても一度もありません。それなのに、彼は私だけに何度も何度も曲の出を練習させたのです。皆の前で。私がどんなに正しく弾いても、遅い、遅い、と言い続けて。そして、遅れないように早く出ると、今度は早過ぎると難癖をつけました。曲の出だしというのはコンサートマスターと指揮者の相性で、ある程度感覚的なものですから、理論的には反論しづらいのです。でも、屈辱でした」

その時の記憶がよみがえるのか、乙恵は両手を握りしめ、震わせた。ヴァイオリニストの繊細な指には似合わぬ、武張《ぶば》った動作だった。

「確かにね」

「オケの皆は、最初は、同情的でした。でも、度重なると私には関わらない方がいい、というような空気が流れ始めました。皆、自分がとばっちりを受けるのが嫌なのです。そして、ある日突然、彼は彼女を連れて来て、私と交代させると言い出しました」

「彼女とは」

「加藤里佳子《かとうりかこ》です」

「ああ。知っています。時々テレビにも出てる美人でしょ」

「彼女の方はご存じなんですね」

乙恵は悲しそうに笑った。

「ええ。バラエティー番組にも時々出てる子でしょ。CDなんかも売れてるんじゃないですか」

里佳子は美人ヴァイオリニストとしてだけじゃなく、そのお嬢様ぶりや歯に衣着せぬ物言いで人気があった。実家に一ダース以上の部屋があるとか、クルーザーを持っている、などのセレブ発言をして番組を沸かせているシーンを、美菜代は思い浮かべた。

「でも、あの人は……」

乙恵は額に手を当てた。

「どうしたんです?」

「ああいう人は、私たちとは違うんです。なんというか……私たちと彼女のような半分芸能人のヴァイオリニストとは……ああいう人をオーケストラに、それもコンマスに迎えるなんて考えられないことです」

「ふーん。僕らにはよくわかりませんが」

「でしょうね」

乙恵はため息をついた。

「私も彼女がオケに来ることになってCDを聴きました。『愛のあいさつ』『ツィゴイネルワイゼン』『トロイメライ』……かなり修整をしていますが、聴けたものではありません。レベルが違うのです。彼女は親の金でどこか外国の音大を出て、ヨーロッパの小さな町の聞いたこともない音楽コンクールで審査員特別賞を取ったという触れ込みですが、怪しいものです。それでも、観客動員数はさらに増えました。葛城真悟と加藤里佳子のペアですから」

「それであなたは?」

「私はオケをやめました。セカンドヴァイオリンの末席に降ろされたんです。とても耐えられませんでした」

「なるほど」

「しかも葛城は里佳子と付き合っていて、それで彼女を抜擢したらしいんです」

「そうなんですか？」

「彼らがオケに来てから、噂が絶えません。二人が同じホテルに入っていったとか、半同棲生活を送っているとか。私は噂話が嫌いで、できるだけ耳に入れないようにしていますが、それでも聞こえてきます」

「ふーん」

「私は許せません。実力で負けたならしょうがないでしょう。でも、私があの女より下だなんてことは決してありません。それだけは確かです。それなのに、世間では私が負けたことになっている」

「確かにその評判は困りますね。あなたの今後の仕事に差し支える」

「新関東フィルは決して大人気オケではありませんでした。でも、実力のあるオケで、少なくとも確固としたファンが付いていたんです。でも、今回のことで彼らは離れてしまいました」

「なるほど」

「あの女と男をオケから追放してください。そして、私が実力で負けたのではないことを証明してほしいのです」

「わかりました。横浜芸術大学の高藤《たかとう》教授のご紹介もありますし、依頼を引き受けさせていただきます。手付金は百万円になります。それから、実費と、成功報酬を百万円、あとでいただきます」

乙恵はバッグの中から封筒を出して、成海に渡した。彼女の手は震えていたが、成海はそれをあっさり受け取ると、中身を引き出して確かめた。帯の付いていない、よれた札も交じった札束で、さまざまなところからかき集めた金であることが見て取れた。

美菜代はその札を見て、胸が痛むのを感じた。けれど、成海はまったく意に介さず、口笛でも吹きそうなぐらい気軽に、それを数えた。

「確かに百万円ありますね」

「よろしくお願いします」

乙恵は丁寧にお辞儀をした。成海はにっこりと笑った。

「あなたの復讐はもう成し遂げられたも同然です」

「ありきたりだなあ」

乙恵が出て行くと、成海はソファに寝転がりながら言った。

「ありきたり?」

美菜代はお茶を片付けながら聞き返した。

「そう。なんの個性もない依頼だ。あまりにもありきたりすぎる」

「意味がわからないんですけど」

「オーケストラやブラスバンドを舞台にしたドラマや映画は数あるが、その主題はほとんど同じなんだ。まず一に練習場所の確保」

「練習場所？」

「広くて大きな音の出せる練習場所の確保が、そのオケやブラスの存続を左右する大きな問題なんだ。それから、二がコンサートマスターの地位をめぐる争い。これはまあ、わかるな。どんな団体でも上は総理大臣から下は町内会長まで、人が集まれば人はそのトップを奪い合う。それから三に、異性の取り合い。音楽家はたいてい男女関係にだらしない。これは不思議とクラシックも、ポップスや演歌のエンターテインメント音楽もほとんど変わりない。あいつらは寄ると触ると盛りのついた猫みたいに恋愛しやがる」

「それ、所長の偏見じゃないんですか」

「この三つのいずれかか、またはどれか二つ、もしくはすべてを混ぜ合わせたものが彼らの物語の根幹をなす」

グラスをシンクに置いた美菜代は、成海の前のソファに座った。

「そうなんですか」

「今回は、二と三だな」

「でも、男は取り合ってませんが」

「女を使って地位を奪い取ったんだから、三の要素もあるとしていいだろう」

「で、どうするんですか」

「なにが」

「復讐です！　その嫌な指揮者とコンサートマスターをどうするんですか！」

「だから、この間説明しただろ。何もしなくても、神様が復讐してくださるんだよ。『復讐するは我にあり』」

「また、そんなこと言ってぇ。神様が復讐してくださるなんて、あるわけないじゃないですか。私たちが動かなかったら誰がやるんですか」

「だから、何もしないの。復讐なんてしない方が依頼人の幸せにつながるんだから」

「……あの乙恵さんの手を見ましたか」

「ん？」

「ぶるぶる震えてました。百万円を出しながら。今度はこの間の貴美子や宗方とは違うんです。ありあまるお金を自由に使える人じゃないんですよ。ちゃんとしてあげないと」

「同じだよ。金に罪なし。色なし。区別なし」

体を起こした成海は数えた札束の三分の一ほどをマネークリップに挟み、残りをくるくる丸めて輪ゴムで留めポケットに入れた。

「は？」

「どのお金も価値は同じ。貧乏人が集めた百万も金持ちが捨てた百万もみんな同じ。あっちのお金、こっちのお金って違う色でも付いているか？」

彼は両手を開いて、何も持っていないのを手品師のように見せた。ただの陳腐なマジックかゲームのような動作だった。

でも、現実は違う。ポケットに百万円はあるし、それは乙恵が必死に集めた金なのだ。

「良心は痛まないんですか」

「ぜんぜん」

ああ、疲れちゃった、と言いながら、成海はまたソファに寝転がった。そして、目をつぶった後は、美菜代が何を言ってももう返事もしなかった。

何か悔しかった。自分はこれまで一流企業の秘書として結構、きちんと仕事をしてきたのだ。それなのにここに来てからは成海のペースに巻き込まれ、あたふたと醜態をさらしている。これはどこかで立て直さなければいけない。美菜代は一計を案じた。

翌日。

出所した成海に美菜代は駆け寄った。

「成海所長！　私、見つけちゃったんです」

「何を？」

「きっと、所長喜びますよお。仕事が簡単にはかどっちゃうから」

「だから、なんだよ」

「私の幼馴染に、音楽大学に行った子がいるんです。彼女の同級生に新関東フィルのヴィオラ弾きがいて、団員の人たちを紹介してくれるって言うんです！　ね、いい話でしょ！」

美菜代は得意満面だった。

「その人たちから話を聞けば、オーケストラ内部のことがわかるじゃないですか！　指揮者の葛城真悟や加藤里佳子のことも！」

「いらないよ。聞きたくないよ」

「もう、またまた。話を聞かないと何も前に進めないじゃないですか。ね、行きましょうよ。彼女によれば、オケの人たちは皆、お金に困ってるから、オケ内部のことを知りたいフリーライターだって謝礼を渡せば、名前を出さないことを条件になんでも話してくれるんじゃないかって言ってました」

「何？　金出すのか。もっといらん。もったいない」

「ケチ。だめです。もう、午後のアポ取っちゃいました」

「え」

「これから、私と一緒に来てもらいます。ホテル・ロザムンデのラウンジに二時と三時半」

「二人も会うのか！　勝手なことするな！」

「来てもらいます。じゃないと乙恵さんに言いつけます。あなたが仕事をしてないことを」

「お前、もしかして、人使い荒いな」

「わかりました？　私、社長秘書時代も誰よりも社長をよく働かせる、鬼秘書って言われてたんですよ。ふふふ。役員さんたちは自分が秘書を使っていると思ってるかもしれませんけど、本当は秘書の言いなりに動いてるだけなんですよ」

成海はしぶしぶ美菜代についていきた。

ホテル・ロザムンデのラウンジには、白いワンピースを着た若い女がぼんやりした顔で待っていた。

「お待たせしました。わたくし、双子社の編集者で、神戸美菜代と申します。こちらはフリーライターの成海慶介さんです」

「ヴィオラ奏者の、刈谷《かりや》さゆりです。神戸さんのお友達の優那《ゆうな》さんには学生時代にお世話になりました」

美菜代はにっこり笑って、パソコンとプリンターで作ったばかりの名刺を取り出した。

「ええ。優那から聞いています。刈谷さんは大学でもトップの成績だったって」

彼女の方はにこりともせずに名刺を受け取った。長い髪をピンで留め、少女のような印象があった。やはり傍らに楽器ケースを置いている。

「雑誌の特集記事ってお聞きしましたが」

「ええ。仮題ですが『日本のオーケストラの今』ということで、さまざまなオーケストラのお話を伺っております」

成海は不満そうに、さゆりが話し始めてもあさっての方を見ていた。美菜代はテーブルの下でその太ももを思いきりつねるか、足を蹴飛ばしてやりたかった。

「もちろん、絶対匿名を条件に、忌憚《きたん》ないお話を伺いたいと思いまして」

美菜代は封筒を彼女の前に置いた。彼女は黙ってそれを受け取り、バッグに入れた。お金を受け取るのがうまい人だ、と美菜代は思った。こんなに自然になんの抵抗もなく上品に現金をもらえる人はなかなかいない。きっと子供の頃から、こういう謝礼を受け取り慣れているのだろう。

「どのようなことをお話ししたらいいんでしょうか」

「刈谷さんはどうして、この世界に入ったのですか」

美菜代はさりげない世間話から話を始めた。

「あたしの場合は、父も母も音楽大学の教授でしたから。父は楽理、母はヴァイオリンの教授です。それで子供の頃から練習をして……高校時代にヴィオラに替わりました」

「ヴィオラというのは、めずらしい楽器を選ばれましたね」

「母の勧めです。先見の明があったんでしょう。あたしがヴァイオリニストの厳しい競争の中でやっていけるほどではないと判断して」

言いながら、さゆりは自嘲気味に口をわずかに曲げた。彼女には似合わない表情だった。

「ヴァイオリンは厳しいんですか」

「何より、生徒の数が違いますから。競争が激しいんです」

「そうですか」

「母の狙いは当たりました。おかげで、こうして在京のオーケストラに入って曲がりなりにも音楽で食べていけるのですから」

「替わるのは嫌じゃなかったんですか」

「……どうしてですか。ヴァイオリンも母の勧めで始めたんです。だからヴィオラも言う通りにしました。それだけです」

さゆりの身の上を聞いた後、美菜代はようやく本題に入った。

「……ところで、新関東フィルは最近、指揮者とコンサートマスターが替わりましたよね」

「はい」

「どう思われましたか」

「どうとも思いません。永倉乙恵さんでも加藤里佳子さんでも、あたしにとっては同じことです」

彼女は眉一つ動かさずにそう答えただけだった。仕方なく、新しい質問をしようとした時、成海が初めて口を開いた。

「あなた、今、どこにお住まいですか」

「え」

美菜代とさゆりは同時に驚いた。それまでとまったく違った流れの質問だったからだ。

「国立《くにたち》です」

「ご両親と一緒に？」

「はい」

「ご両親は？　今も大学で教えていらっしゃるんですか」

「父は退官しまして、現在は名誉教授となって別の短大で一般教養の音楽を教えています。母は変わらず、母校の教授をしています」

「失礼ですが、刈谷さん、ご結婚は？」

「していませんが……」

「今、おいくつですか」

さゆりは美菜代をちらりと見た。いったい何を聞いているの、この人、という視線だった。けれど、美菜代は笑顔を貼りつけたままにしているしかなかった。成海が、黙っていろ、とでも言うように、美菜代の足をぐっと踏んだからだ。

「二十九です」

「ご両親は、あなたの結婚について何か言いませんか？　せかすようなことなんか」

「それはまあ世間並みのことは……」

そこでさゆりははっきりと顔を美菜代の方に向け「今日はオケのことについてのインタビューだと伺いましたが」と言った。

「それを聞いてあなたはどう思いましたか」

しかし、成海はまったく意に介さず、質問を続けた。

「どうも思いませんよ。あの、オケの質問じゃないんですか」

「あなたはがっかりしたんじゃないですか。これまで音楽家としてあなたを育ててきたご両親が、人並みの女性としてしかあなたを見ていなかったと知って？　彼らは音楽より、ただの結婚を勧めた」

「あたしのことなんか聞いて、どうするんですか」

「すみません」

美菜代は思わず謝った。

「成海さん、不躾《ぶしつけ》ですよ」

彼は美菜代を完全に無視した。

「それはつまりあなたを音楽家として否定したということだ。普通の女の子として生きろと言われたのと同じことだ」

「成海さん！」

「だからあなたは、永倉さんでも加藤さんでも変わらない、と言ったんじゃないですか」

「どういう意味ですかっ」

さゆりは小さく、でもはっきりと叫んだ。

「僕たちは、新しい指揮者とコンマス、葛城さんと加藤さんのことについてお聞きしたんですが、あなたは新旧コンマスの二人について答えられた」

「だからなんです」

「あなたにとっては、確かに永倉さんも加藤さんも違わないはずだ。どちらも曲がりなりにもヴァイオリン奏者なのだから。どちらもそれを貫き通している人なのだから」

刈谷さゆりは黙ってしまった。美菜代は彼女が帰ろうとしたら、どう引き留めようかと考えた。しかし、彼女は立ち上がらなかった。しばらくじっと成海の顔を見たあと、つぶやいた。

「あたしがヴァイオリンのレッスンに初めて連れて行かれたの、二歳の時です」

「二歳？」

「母は自分が教えると甘くなるから、と、有名な先生のところに連れて行きました。でも、せめておむつが取れてから来てください、と言われて、三歳になるまで待ちました」

「そうですか」

「子供の頃、ヴァイオリン以外の記憶はありません。学校で友達と遊んだ思い出もありません。体育も休みました。指を怪我したらいけないと言われて」

「なるほど」

「それでもよかったんです。あたし、子供時代は天才少女なんて呼ばれてたんです。人より早くから他のことは何もせずにレッスンだけしてたんですから当然ですよね。ジュニアのコンクールはほとんど制覇しました。いろんな催しで弾いたりテレビに出たりもしました。当時からヴァイオリンを弾いてギャラをもらっていました」

「すごいじゃないですか」

「小学生の間だけです。中学になると、急にコンクールで賞を取れなくなりました。その頃になると、もう、ただ練習するだけじゃだめなんです。努力なんて意味ないんです。あたしには表現したいものが何もなかった。ソリストとしてプロになることはできないとわかりました。あたしの人生の、才能の頂点は小学生の時でした」

美菜代は、さゆりが泣き出すのではないかと心配した。けれど、彼女は強かった。一度下を見たが、上げた顔に涙はなかった。

「今では、親に寄生しないと生活も成り立ちません。実家の教室でヴァイオリンを教えていますが、その生徒のほとんどは母のところに来ているんです。あたしはその下請けの助手をしているだけ。ヴィオラを習いたいなんて子はいませんから」

しかし、すべてを話した彼女にも成海は容赦なかった。

「僕たちとしては、あなたの挫折はどうでもいいのです。ただ、忌憚ないご意見をお聞かせください。葛城さんと加藤さんに音楽性はあったんですか、なかったんですか」

さゆりは成海と美菜代の顔を順番に見て、大きなため息をついた。

「まったく感じませんでした。あたしは、あの二人になんの音楽性も見出せません。指揮者としても、演奏者としても最低だと思います。加藤さんに関しては、子供の頃のあたしの方がまだましだと思いました」

「正直にお答えいただいてありがとうございます」

成海は丁寧にお辞儀した。

「でも、僕はあなたのような生き方や、演奏者も存在価値があると思いますよ。あなたのような人がいなければ、日本の音楽界、クラシック界は成り立たない。どんなに地味でもヴィオラがないとオーケストラは成り立たないように。いわば、日本の音楽界のレベルを上げている縁の下の力持ちだ」

存在価値って、美菜代がその上から過ぎる発言をとがめようとした時、初めて、刈谷さゆりが涙をこぼした。

「ありがとう」

成海が差し出したハンカチを、素直に受け取って拭いた。

さゆりが帰っていくと、彼は美菜代の方を見て笑った。

「こりゃ、ちょっとおもしろくなってきたぞ」

「あなたって、本当にゲスですね」

三時半にラウンジにやってきた男は、ひょろっとした細長い体型だった。ホルン奏者の野々村純一《ののむらじゅんいち》と名乗り、大きな丸っこい楽器ケースを持っていた。シャツとチノパンというカジュアルな服装だった。

「雑誌の特集記事って聞いたんだけど？」

「ええ。仮題ですが『日本のオーケストラの今』という内容の記事のために、さまざまなオーケストラのお話を伺っております」

彼は美菜代と成海をじろじろと見た。

「もちろん、絶対匿名を条件に、忌憚ないお話を伺いたいと思いまして」

美菜代は、さっきと同じように封筒を彼の前に置いた。

「ふーん」

野々村は手に取ると、無遠慮に中身を見、胸ポケットに入れた。金額に満足したらしい。

「で、何を聞きたいの？」

彼のようなタイプには、はっきりと尋ねた方がいいだろうと美菜代は思った。

「新関東フィルは最近、常任指揮者とコンサートマスターが替わられましたよね？」

ああ、そのこと、と彼はうなずいてアイスコーヒーをじゅるじゅると音をたてて飲んだ。

「急な交代で、オーケストラの中ではいろいろ問題が起こっているんじゃないですか」

「問題？　例えば？」

彼はにやっと笑った。

「例えば……急にコンマスが替わって、いろいろあるんじゃないですか」

「そういうことか」

彼のにやにや笑いがさらに大きくなった。

「外の人間は皆、そういうこと言うんだよね。オーケストラっていうと、内紛とかさ、地位の奪い合いとかさ。そういうのあると思って大騒ぎするよね。だけど、俺らはさ、プロなわけよ。玄人の集団なわけ。子供じゃないんだから。新しい指揮者が来ればその通りに演奏するし、コンマスが来れば従いますよ。会社とかでも皆、そうでしょ？　上司がだれでも仕事してるでしょ」

美菜代はあれっと成海を見た。言ったこととと、ぜんぜん違うじゃないか。

「では、なんの問題もなく、交代した、と」

「それはね、いろいろ言う人もいたよ。永倉乙恵さんはやめちゃったしね。彼女真面目だから、耐えられなかったんだろうな。それに、ヴァイオリニストは基本、女王様だから」

「女王様？」

「少し上手な子供なら、幼い頃から蝶よ花よとソリストとして育てられる。だから皆、年頃になるとひどい高慢ちきな人間が出来上がる。男なら王様、女は女王様。絶対に付き合いたくない人種だよね。永倉さんはましな方だったけど、プライドは高かったんだろうな」

「なるほど。そういう意味ですか」

「気の毒だけど、しょうがないじゃない。加藤里佳子がコンサートマスターになってから、いくつもテレビ局や雑誌の取材を受けたよ。彼女がコメンテーターを務めているワイドショーなんて密着取材していったからね。それだけでどれだけの宣伝効果があるか。俺は、葛城は見る目あると思うよ。観客動員数も増えたんだから」

「……彼、彼女たちの音楽性はどうなんですか」

成海がやっと正面を向いて口を開いた。

「音楽性？」

「そうです」

「あのさ、音楽作るのって、指揮者でもコンマスでもないわけよ」

「え。どういうことですか」

美菜代が思わず口をはさんだ。

「そのオケの一番力がある人。サッカーでも野球でもそうでしょ。力がある人にチームは引っ張られていく。その人について行きたい、って皆が思う人に」

「そんなこと、できるんですか。葛城は指揮者でしょ」

思わず、美菜代は叫んだ。

「指揮者は音を出せない。一音も。棒振っているだけだよ。指揮者殺すにゃ刃物はいらぬ、ってね。プロのオケなら、指揮者なんていなくても音楽は作れるんだよ」

「そういうものなんですか」

成海が尋ねた。

「加藤里佳子さんはどうです」

「彼女は素直なもんだよ。あいつにはオケを引っ張っていこうなんて気は最初からない。オケの作る音楽にただ乗っかってるだけ。だから、皆、嫌いじゃないよ。黙ってトップに座って、弾いて、帰っていく。邪魔はしない。彼女も新関東フィルのコンマスって肩書は悪くないだろうし。テレビに出るうえでも」

「ふーん。そういう人には見えませんがね」

成海がうなる横で、美菜代は、また、里佳子がテレビに出ている時の様子を思い浮かべていた。わがままセレブとして振る舞っている彼女も、オケでは借りてきた猫のようになっているのか。意外だった。

「俺らとしては、オケとして滞りなく運営されればそれでいいわけ。どうせ、その程度のレベルの客しか来ないしね」

「なるほど」

「それに、俺は加藤里佳子のヴァイオリン、そう悪くないと思うよ。まあ、オーケストラを引っ張っていくようなタイプではないけど、さすがに一人でコンサートを開いて客を呼べる人だけあって、なんというかな、華みたいなものがあるよね。きらめきと言うかな。本人が必死で努力したら、結構、いいところまで行くかもしれない。まあ、そんな気ないだろうけど」

「あなたは、それでいいんですか。そうやって適当なその場しのぎの音楽を作っているだけで。葛城さんや加藤さんが抜けたら、客も去っていくでしょうし、そしたら、かすのようなオケだけが残る」

美菜代は、成海が野々村を挑発しているのがわかった。怒らせて本音を話させる作戦だろう。

「あのねえ」

野々村はテーブルに肘をついて、ため息をついた。

「俺、大学を卒業した時、思ったんだよね。サラリーマンみたいな音楽家になろうって」

「サラリーマン?」

「呼ばれたところ、自分を必要としてくれるところで、さくっと吹いて、さくっと金もらって生きていこうって」

「なるほど」

「だから、あんまりそういうこと、考えないようにしているんだよね。オケの未来、とかさ。新関東フィルがだめになったら他に移る。それだけ」

自嘲気味に笑う野々村を見て、美菜代はふと祖母の言葉を思い出した。自分がかわいくない男はいない、自嘲の言葉の奥には、その何倍もの自信が隠れている、と。

「わかりました」

成海は美菜代に目配せした。

「これで、もう結構です。本日はありがとうございました」

じゃあね、と手を振って、野々村は帰っていった。

最後まで、子供っぽいのか、子供っぽく見せようと振る舞っているのかわからない男だった。サラリーマンと自分では言っていたけど、会社には決していないタイプ。

「ああいう男からはこれ以上、聞いてもしょうがないだろう」

「ええ。ちょっと所長に似てますね」

美菜代の言葉を、成海は無視した。

「これは、一度、行ってみなくちゃならないな。この目で確かめないと」

「どこにですか」

「もちろん、新関東フィルのコンサートにだよ」

「行きますか」

「チケット用意してくれ。できるだけ早いやつ。そういうの、秘書の仕事だろ」

美菜代はスマートフォンを出して調べた。

「どうだ？」

「今夜のコンサートがありますよ。でも、チケット取れるかしら」

「問題ない。昔読んだ翻訳小説にどんなコンサートでも必ず、一席は空きがある、って言葉があった」

「所長一人で行くんですか」

「空きがあれば、お前も連れてってやる」

「本当だ。当日席、二枚取れます」

「さあ。本丸に出陣だ」

そんな成海でも、やる気を出しているのを見るのが、美菜代は少し嬉しいのだった。やっぱり自分は秘書気質なのかな、と思った。


横浜港の近くにあるコンサートホールに、美菜代と成海は七時過ぎに着いた。

「これから東京都から出る時には特別料金にしような。二割増しにしてほしい」

成海は車を運転しながら、ずっとぶつぶつ文句を言った。

「そんな深夜のタクシー料金みたいなこと言わないでくださいよ。永倉乙恵さんはお金がないんですから」

「お前が横浜のチケットなんか取るからだろう」

「だって、できるだけ早いのを取れって言ったの、所長じゃないですか」

みみっちい話をしながらも、三つ揃いのスーツを着た成海はなかなかすてきだった。ホールの中に入るとちょっと目立つ存在で、何人かの女が彼を振り返った。仕事でも、いい男と歩くのは悪くないものだ、と美菜代は密かに思った。

取れたのは二階席のほぼ正面の二列目で、舞台がよく見渡せた。葛城と加藤が加わってから人気が出た、と聞いたものの、人でぎっしりなのは一階席前方ばかりで、二階席はまばらだった。

「これで人気なんて……彼らが加わる前はどうだったんですかね」

「悲惨なもんだったろうな」

近くに若い女性たちの一団がいて笑いさざめいているのが気になるのか、成海はちらちらとそちらを見ていた。皆、楽器ケースを持っている。会話を聞くともなく聞いていると、彼女たちは近くの音楽大学の学生で、楽団の中の知り合いから余ったチケットを譲ってもらったらしい。

あたりが暗くなって舞台に光が当たると、楽団員たちが静かに入ってきた。今日会ったばかりの刈谷さゆりと野々村純一の姿もあった。二人とも生真面目な顔で白と黒のフォーマルをきちんと着ていると別人のようだった。

しかし、それがよりいっそう、他の楽団員たちも皆、様々な思惑を抱えながらここにいるのだろうかという思いを強くした。オーケストラ全体が妙な威力を持って、美菜代に迫ってきた。

「なんだか、私、怖いです」

思わず、傍らの成海にささやいた。彼も黙ってうなずいた。

団員がすべて入場すると、コンサートマスターの加藤里佳子がヴァイオリンを持って入ってきた。その途端、拍手が沸き起こった。彼女も白のブラウスと黒のロングスカートをはいていたが、他の団員と一線を画す、華やかさだった。決して体の大きい女性ではないが、舞台上の光を一身に集めているような存在感があった。微笑んで立つ様子も美しかった。

彼女が座ると、次に葛城真悟が入ってきた。想像していたよりもずっと背の高い、がっしりとした体格の男だった。無意識に、ひょろっとした優男をイメージしていた美菜代は意外に思ったが、それがまた、彼の魅力を引き立て、安心感と包容力を感じさせた。うねるような大きな拍手が巻き起こった。

しかし、この二人は、オーケストラの中ではなんの存在感もなく、音楽を作ることができないのだ、と思うと美菜代は複雑な気分だった。素人《しろうと》が見ていると、それはまったくわからない。

コンサートは、最初にモーツァルトの『フィガロの結婚』の序曲、そして、同じくモーツァルトの『交響曲第二十五番』、休憩をはさんで、ベートーベンの『交響曲第七番』、という初心者にもわかりやすい無難な構成だった。

前半が終わって、休憩に入った。

「……どうですか」

美菜代は、横にいる成海の方を向き尋ねた。すると、彼はぐっすり寝ていた。

「所長、所長」

美菜代は成海を揺り起こした。

「起きてくださいよ。休憩ですよ」

「ああ。そうか」

彼は大きくのびをした。さっきの音大生たちがくすくす笑った。彼もそちらを見て、機嫌よく会釈をした。

「だから、どうだったか、って聞いているんですよ」

美菜代は彼の腕を引っ張って尋ねた。

「ぜっんぜん、わからなかった」

「え」

「音楽性とか、なんだとか、わからないな。美は絶対的なものだが、音楽は相対的なものなんじゃないかな」

「どういう意味ですか」

「おれにもよくわからん。適当にそれらしいことを言ってみただけだ」

そして、彼は女子大生たちの方に身を乗り出して、話しかけた。

「皆さん、音大の学生さん?」

「はい。そうです」

成海は自慢の白い歯を見せてにっこり笑った。トム・クルーズが空港まで出迎えてくれたファンを喜ばせるやり方で。

彼女たちは、突然話しかけてきたのに驚きながらもはきはき答えた。

「やっぱりね。なんだか、佇まいが違うから、絶対そうじゃないかと思いましたよ」

佇まいも何も、楽器ケースを持ってるんだから一目瞭然じゃないか、と美菜代はあきれた。

「ね。今の演奏どうだった?」

彼女たちは顔を見合わせた。中の、髪の長い一番きれいな女の子が答えた。

「……いいと思いましたけど……」

「またまたあ。本当は、芸能人みたいな指揮者とコンマスじゃだめだと思ってるんでしょ?」

「そんなあ」

「僕はぜんぜん音楽性を感じなかったなあ。あれ、たぶん、指揮者とコンマスはほとんど意味ないんじゃないかな。曲をリードしているのは他の団員たちで」

野々村が言っていたことをそのまま受け売りしている成海に、美菜代はもうあきれさえもしなかった。

「まあ……私たちはそうはっきりは言えないけど。団員に知っている人がいて、チケットもらって来ただけだから」

彼女は肩をすくめて、友人たちを振り返り、顔を見合わせて笑った。

「つまり、自腹切ってチケットを買ったりしないレベル、と。そういう意味だね？」

「そんなわけじゃ」

「ところでさ、ちょっと聞きたいんだけど、君たちは、今の曲、弾けるの？　モーツァルトの」

「フィガロと二十五番ですか。もちろん、弾けますよ。大学にオーケストラの授業があって練習したことありますから。むずかしい曲じゃないし」

「そうなの。じゃあ、どうして君たちはここにいて、彼らがあそこにいるの？」

「え？」

「ああいう曲が弾けるなら、もう、大学なんて通う必要ないじゃない。君たちもオーケストラに入ればいい」

「いえ、そういうわけには……」

「どうして？　というか、あそこにいる人たちと、君たちとどこがどう違うの？」

「所長！」

困惑を通り越して、かなり迷惑した表情になっている女子大生たちを見て、美菜代はまた腕を引っ張った。

「君たちなんか、皆、美人だしさ。新関東フィルなんか、すぐに入れちゃうんじゃない？　今の指揮者の葛城さんは美人が好きみたいだし……」

「それは違うと思います」

一人の女子学生が答えた。眼鏡をかけた、小柄で真面目そうな女の子だった。

「どうして？」

「だって、葛城さんは……女性に興味がないって」

「え」

成海と美菜代は一緒に驚いた。

「それホント？」

彼女たちはまた顔を見合わせて、うなずき合った。

「たぶん。彼が海外の指揮者に見出されたのは、それも大きいって。その指揮者の恋人になったから抜擢されたんだって、聞いたことあります」

今度は成海と美菜代が顔を見合わす番だった。

「じゃあ、やっぱり」

女子大生たちがトイレに立ったのを見計らって、美菜代は成海にささやいた。

「加藤里佳子は実力でコンマスを勝ち取った、ってことでしょうか」

成海は何かを考えていて、返事はなかった。


コンサートに行ってから、成海の態度はまた前に戻ってしまった。

事務所で客が来ていない時には寝ていたし、美菜代が電話対応しても気に入らない客は多忙を理由に断った。そして、時々、ふらりと出かけ、夜は美女を事務所に迎えに来させてさっさと帰った。

一度はやる気を出したように見えたのに、当てが外れた、と美菜代は失望した。けれど、すでに親友のつてを使ってしまったので、もう何も打つ手がない。

そして、コンサートに行ってから二週間ほど経ったある日、成海は美菜代に「今夜、空いているか」と尋ねてきた。

「……空いてますけど」

美菜代は上目遣いに彼を見た。

「ばーか。デートとかじゃねえよ」

「そんなこと、こっちだって考えてませんよ！」

美菜代は、慌てて怒鳴った。

「今夜、アマデウス・ホテルのレストラン、マディソン・ルームに行く」

「ああ、あそこなら私……」

「お前、ちょっと立ってみろ」

成海は、言いかけた美菜代を壁の前に立たせて、上から下までじろじろとなめるように見た。今日は深いブルーのワンピースにそろいのサマージャケットを着ていた。

「なんですか」

視線に耐えられなくなって尋ねると、「後ろ向け」と言われた。

仕方がなく、美菜代は壁を見た。

「まあ……いいだろ。バッグは何を持ってきている？」

美菜代はロッカーからいつも使っているハンドバッグを出した。

「少し大きすぎてカジュアルだが……まあ、いいだろ。入り口で預けろ」

「なんですか」

「マディソン・ルームに行くのに相応しくない女は連れて行けないからな。おれは仕事でもみすぼらしい服の女と歩くのは絶対嫌なんだ。一番嫌いと言ってもいい」

「一番嫌いなことが、ずいぶんたくさんあるんですね」

「……まあいい。お前のいいところは、いつでもちゃんとした、どこでも出入りできる服装でいるところだ。ちょっと硬すぎるけど」

「それはどうも」

美菜代はつんとして、ジャケットのすそを引っ張ってから答えた。

「いちおう、秘書ですから」

「いい心がけだ。変えない方がいいぞ。他に取り柄がないんだから」

「頼まれても変えません」

美菜代はロッカーを開けて見せた。喪服がつるされていた。

「これで、所長のお葬式にもすぐ対応できるようにしています」

「……よし……」

「マディソン・ルームの予約はできてるんですか」

「もちろん。もうしてある。本当は人目につかない席がいいんだが……」

「個室ですか」

「いや、個室じゃなくてこちらから店内の様子は見えるが、他からは見えないような席
……まあ、なんとかなるだろ」

成海は、いつも以上に尊大に言って、ソファに横たわると寝てしまった。

アマデウス・ホテルのエントランスに愛車の黄色いオープンカーを滑りこませると、成海は美菜代に気取って忠告した。

「これから行くところは上品でおしゃれだから、びくつくんじゃねえぞ」

「……はい、了解しました。どうも」

しかし、「マディソン・ルーム」に着くと、支配人がもみ手をしながら近づいてきたのは、美菜代の方だった。

「神戸様、お久しぶりでございます。岸川社長はお元気でいらっしゃいますか」

「ありがとう。私は大東を退職して、今、こちらの『成海事務所』にお世話になっているの」

「もちろん、岸川社長からお聞きしています。社長はさびしくなった、とずいぶん嘆いておられましたよ。これからも、変わらぬご愛顧をお願いします」

支配人は、やっと成海に向き直り、うやうやしく名刺を差し出した。

「こちらども、神戸様にはどれだけお世話になったかわからないのですよ。岸川社長の会合等では、神戸様がいつもお気遣いくださって」

「いえいえ、とんでもない。こちらこそ」

美菜代は優雅に手を振った。

「神戸様のご希望通り、一番奥の席にパーティションで目隠しをしておきましたから」

席に着いて支配人が下がると、美菜代は成海に言った。

「目立たない席がいいとおっしゃっていたんで、電話しておきました。こういう席が良かったんでしょう」

「……常連だったのか」

「私じゃありません。岸川社長がここのホテルのクラブ会員で、会社としてもよく使わせていただいていてただけなんで」

「ふーん」

しばらくするとまた支配人が「美菜代の好物だから」と、食前酒にシャンパンカクテルの「ミモザ」と、成海にはシャンパンをサービスとして運んできた。そこでひとしきり思い出話に花を咲かせ、終わったところに、ヴァイオリニストの永倉乙恵が到着した。

「……遅くなっちゃって」

「いいえ、私たちも今着いたところでして」

支配人が話している間中、仏頂面だった成海はやっと調子を取り戻して、立ち上がって彼女を迎えた。

「大学で、学生たちの自主練を見てあげていたんです」

「永倉さんは、熱心な先生なんですね」

「オケがなくなって暇になっただけです」

「そんなことないでしょう。きっと学生たちは喜んでいるんじゃないですか」

乙恵の顔がやっと嬉しそうにほころんだ。

「今日はお呼びたてしてすみません。ちょっとおもしろいものを見せますので、お待ちください」

「なんですか」

乙恵は不安そうに、成海と美菜代の顔を交互に見た。

「私も聞かされてないんです」

美菜代は答えた。

「所長、大丈夫なんですか」

「大丈夫。僕独自の」と、そこに妙に力を入れた。「独自のルートを使って手に入れた情報ですので」

成海はウエイターを呼んでメニューを持ってこさせた。

「さあ、少し時間がかかるから、おいしいものでも食べながら待っていましょう」

乙恵はメニューを遠慮気味に眺めるばかりで何も注文しなかった。成海はウニを使った前菜やフォアグラをのせたフィレステーキなど、店のスペシャリテを次々注文した。

運ばれてきた料理を食べていると、乙恵も少し落ち着いてきた。成海は先日、新関東フィルに行った時の話やそれに伴った疑問点などを話した。

「ずいぶん、初歩的なことをお聞きしますが、よろしいですか」

「もちろん、どうぞ」

「交響曲やコンチェルトは、一楽章、二楽章……というように一曲が三つや四つぐらいの曲に分かれているのが普通ですが、拍手をするのは終楽章が終わった後の一回だけですよね？　でも、時々、間違えて一楽章が終わったところで拍手をしてしまう人がいます。ああいうのは、演奏側としてはどう思うのですか」

「確かにそういうこともありますね」

乙恵は苦笑した。

「でも、私は別に気にしません」

「そうなんですか」

「正直言うと、できたら、演奏される曲のＣＤは一度ぐらい聴いてきてほしいところです。でも、そんなことより、演奏会に足を運んでくださることの方がありがたいです。本当に一楽章のところで感動なさって思わず拍手をしてしまった、というなら嬉しいことですし。ただ、他の人も拍手をしたから、というのでなんとなく拍手してしまうのはちょっと困りますね。また曲によっては楽章と楽章の間をほとんど空けずに演奏したいものもありますので、そういう時には、私たちの方でも拍手されないように間を空けずに演奏することもあります」

彼女はそれから、古今東西のクラシックの作曲家や演奏家などのおもしろい話をいろいろしてくれたので、美菜代も成海も大いに楽しんだ。

彼女が来て一時間ほどが経った頃、成海が急に乙恵の方に顔を近づけてささやいた。

「パーティションからちょっとだけ顔を出して、外を見てください。大きな声を出したりじろじろ見たりしないように」

乙恵は言われた通り、そっと外に顔を出した。

「あ」

頬がみるみるうちに赤くなり、成海を振り返った。信じられないという表情だった。

彼がうなずくと、自信が持てたように、「加藤里佳子です！」と言った。

美菜代もそちらを見てみた。確かに、加藤里佳子の美しい白い顔が見えた。そして、その向かいに座っているのは、顔が見えないが、年配の男のようだった。禿げた頭だけがライトに光っている。

「一緒にいるの、葛城じゃないみたいですね」

美菜代は成海にささやいた。

「違うだろう。どう見ても、あいつは六十を過ぎている。乙恵さんなら、誰だかわかるんじゃないですか」

乙恵は目を見開いてうなずいた。かなりのショックを受けているようだった。

「……斉藤安助《さいとうやすすけ》です……新関東フィルの理事長です……」

「え。理事長？」

驚く美菜代をしり目に、成海はうなずいた。

「そういうことです。加藤里佳子が付き合っていた相手は指揮者の葛城真悟じゃなかったんですよ。理事長の斉藤です」

「……そういうことだったのね……そう言えば、葛城を連れてきたのは斉藤さんです」

「斉藤理事長は里佳子をコンマスに据えるため、言いなりになる葛城を連れてきたんですよ」

「……でも、二人はただ、食事してるだけかもしれませんよ」

美菜代は一応、確認してみた。

「それはない。二人は今日、このホテルに泊まっている。斉藤の名前でダブルルームを取っているのがわかっている」

成海は、顎で指した。

「自分の目で確かめてみるといい」

美菜代と乙恵がもう一度そちらを見ると、斉藤が手を伸ばして里佳子のそれを握りしめたところだった。

「ああ」

美菜代は思わず顔をしかめてしまった。華やかな若い女性の手を撫でまわす年寄り男の図は、なんとも醜かった。そして、その時気がついた。里佳子の眉がほんの少し寄っていたのだ。あまり幸せそうな表情には見えなかった。この人はやっぱり舞台にいる方が美しい、と思った。

「つまり、彼女はあの斉藤さんと関係を持って、コンマスの地位を私から奪ったんですね。信じられない。許せない」

乙恵が、顔をひきつらせて小さく叫ぶ。

「本当に」

美菜代は力を込めてあいづちを打った。

「斉藤さんはもともと真面目な方です。一昨年《おととし》奥様が亡くなり、力を落としていた時期がありました。私もずいぶん慰めたのに……信じられません」

「だからかもしれませんよ」

首を強く振って自分が今、見ているもののえげつなさを中和しようとするかのような乙恵に、成海は言った。

「どういう意味ですか」

「妻がいなくなった悲しみという心の隙間にならい、加藤里佳子だって安易に入れます」

「汚い女。許せない」

「……そうでしょうか？」

成海の言葉に、女二人は驚いて彼の顔を見た。

「……許せない？　本当に許せませんか」

「許せないですよ。そのために永倉さんは追い出されたんですよ！」

「お前は黙っていろ」

成海は、美菜代をにらんだ。

「永倉さん、よく考えてください。よく自分の胸に聞いてください。本当にあの女が許せませんか」

「もちろんです。許せません」

「そうですか？　じゃあ、あなたも機会があったら、あんなじじいの腕に抱かれて、コンマスを奪い返したいですか」

「え？」

「よく見なさい。自分の目でもう一度じっくり見るんです。あなたが欲しいものは、あんな男と付き合うことを引き換えにしてまでも得たいものですか」

乙恵は成海の言葉通りに、再びパーティションから顔を出して、加藤たち二人を見た。

「今回調査をして、あなたの実力を認める声は大きかった。けれど、あの加藤里佳子の力を評価する人もいた。あなたと彼女の違いは、あのじじいに抱かれるか抱かれないかの違いぐらいなんです。もし、本当にあなたの力が確かなら、コンマスを追われることはなかったはずだ」

「所長！　そんな言い方ないじゃないですか」

美菜代の声を、成海はまた手で制した。

「それなら、言葉を変えましょう。彼女はコンマスの地位を得るため、努力しています。あなたと方法は違うかもしれない。だけど、あなたは彼女ぐらい努力していますか。したと言えますか。どうです？」

そんなことない、乙恵さん、と言葉をかける代わりに美菜代は彼女を見つめた。けれど、乙恵は唇をかみしめて下を向いただけだった。

「そんなことまでして、あのオケのコンマスは得る価値のある地位でしょうか。観客は確かな実力のあるあなたより、テレビに出ている女を見たくてくるようなやつばかりだ。その程度の客の前で弾くことがあなたの望む成功ですか」

乙恵は顔を両手で覆ってしまった。

「遅かれ早かれ、あんなオケはすぐに飽きられる。でも、そんなことは関係ない。本当に大切なのは、あなたがどんな音楽家になりたいのか、どんな人生を送りたいのか、ということだ。本当に望んでいることがなんなのか、もう一度考えるのです」

「……所長、もうやめてあげて」

「いや。よく考えなさい。自分の頭でよく考えなさい」

乙恵はしばらくそのままの姿勢でいた後、意を決したように顔を上げて、もう一度、里佳子たちを見つめた。そして、美菜代たちの方に目を移して軽く微笑むと、小さく「わかりました」と言った。何かふっきれたように見えた。成海もうなずいた。


深夜の羽田《はねだ》空港は、人影もまばらだった。

「こんな時間なのに、来てくださって」

いつも通り、大切そうにヴァイオリンを抱えた永倉乙恵が嬉しそうに、けれどいくぶん不安を含んだ表情で言った。

「いや、こいつがどうしてもって言うんで」

成海が傍らの美菜代を指さして不満そうに言った。

「すみません」

「いいんですよ。せっかくの門出じゃないですか」

「でも、ありがたいです。私のことを見送ってくれる人なんて他に誰もいませんから」

「……これもまあ料金の内ってことで」

成海を、美菜代がはっきりと小突いた。

「乙恵さん、パリに行ってからのことは決まっているんですか」

「とりあえず、パリからドイツのケルンに行くつもりです。学生時代の友達のところに世話になって、彼女から向こうの著名なヴァイオリニストや指揮者に紹介してもらって、演奏を聴いてもらうんです」

「きっと仕事を紹介してもらえるんでしょうね！」

「いいえ。まだ、わかりません。演奏を気に入られたらまたどこかに紹介してもらって……何度もオーディションを受けて、うまくいったらどこかのオケで演奏できるかも」

「そうやって仕事を得るんですか。大変ですね」

「いろんな地方の音楽祭やオケに経歴と音源を送ってみたけど、今のところなんの連絡もなし。本当にこれから。すべて一から始めるの」

乙恵は複雑な表情で微笑んだ。

「大丈夫ですか」

「不安よ。とても不安……なんだか体が震えてくるの。でも、それが決して悪くない気分なの」

ヴァイオリンケースを子供を抱くように抱え込み、取っ手を指が白くなるほど強く握りしめていた。きっと言葉以上に不安なんだろう、と美菜代は思った。

「うまくいきますよ」

美菜代はもう一度、成海を肘でつついた。彼はしぶしぶ、スーツの内ポケットに手を入れて封筒を出した。

「これ。手付金の半額です。こいつがどうしても返した方がいいって言うから」

「そうじゃないでしょ。お餞別《せんべつ》って言えって言ったでしょ」

乙恵は首を振った。

「いいの。いりません」

「え。でも、乙恵さん、これから大変なんだから」

「もちろん、お金はいくらでもあったらありがたいけど、でも、いいんです。私……成海さんの言ったようなこと、自分で気がつけなかったことが情けない。復讐心に惑わされて……そのことを忘れないためにも、戒めのためにも、それは受け取れません」

「あなたはそう言うと思いましたよ」

成海はさっと封筒をポケットに戻した。美菜代は、もう一度成海を小突きたい気持ちになったが、それを悟ったのか、彼は慌てて少し離れた。

「……それじゃ、そろそろ行きますね」

「ええ。頑張ってください」

「本当にありがとう」

乙恵は手を振って、保安検査場に消えていった。

大きく手を振る美菜代の横で、成海は、バイバイ、とおざなりに手を上げた。

「行っちゃった」

美菜代は涙ぐんでいたが、成海はさっさと歩き出した。しょうがなく後を追う。

「……聞きたいんですけど」

「なんだ」

「所長が乙恵さんにした演説は御立派でしたけど、結局、あれって屁理屈ですよね」

「まあね」

「自分でわかってたんですか。もしも、彼女がそれでもコンマスの地位を取り戻したい、と言ったらどうするつもりだったんですか」

「野々村も言ってただろう。ヴァイオリニストは女王様だと。そう簡単にプライドを捨てるようなことは言わないさ」

「ふーん」

「……こういう場所には、必ず、あれがあるんだが」

成海はつぶやいた。

「あれって、なんですか」

彼はきょろきょろあたりを見回し、あったあった、と言いながら歩いて行った。その先には郵便ポストがあった。

「空港にポストなんてあるんですね」

そりゃそうですよね、と言いながら、美菜代はそれを見つめた。

「たぶん、最後に出し忘れた手紙を投函する人間がたくさんいるんだろうな」

成海はその赤い箱をこぶしで軽く叩いた。

「この中にはどんな手紙が入っているんでしょうね」美菜代はしんみりと言った。「最後の感謝や謝罪、ラブレターなんか？」

「いや。もっと実務的な手紙だろ。請求書や領収書、遺書とかさ。今はなんだってメールで送れるんだから」

「夢のない人」

「だから、おれも最も実務的な手紙を入れてやろう」

成海はさっきと反対側のポケットから厚みのある封筒を出し、ためらいなく投函した。

「いったい、なんの手紙を入れたんですか⁉」

さっさと歩き出した成海は答えない。

「所長が送る手紙なんてどうせろくなもんじゃないでしょう」

「……新関東フィルの理事長と、加藤里佳子の写真。彼らの行跡リポート」

「え」

「あて先は写真週刊誌の編集部。加藤はあれでも有名人だからな。結構、いい記事になるんじゃないか」

「いいんですか！」

「まあ、どうせそのうち二人のことは噂になるだろうから、少し早めてやるぐらいいいだろ。永倉さんには絶対、言うなよ。海外に行ってるからしばらくは気がつかないはずだ」

　美菜代は笑い出した。

「どうした」

「ちょっとスカッとしました」

「だろ。おれは若い美人を権力で釣るじじいが大っ嫌いなんだ。一番嫌いと言ってもいい」

　美菜代は肩をすくめて、成海の後を追った。

第三話

なんて素敵な遺産争い

「あなたさあ、いつまでそんなもの、食べるつもりなの？」

神戸美菜代が細長いコッペパンになめらかなミルククリームをはさんだ、夢のようなパン――グッドスティックにかぶりつこうと大口を開けたところに、母の冷静な声がかぶさった。

うるさいなあ、勝手にさせてよ、そんな風に口ごたえする気満々で美菜代が母の方を見ると、その前には、白飯、味噌汁、あじの開き、白菜のおしんこ、納豆、などといった古式ゆかしき日本の朝食メニューがずらりと並んでいた。とたん、ふっと力が抜けて、文句を言えなくなってしまった。

その時、美菜代が感じたのは、専業主婦の母の言葉に対する反発やらアラサーになっても結婚できない自分へのいらだちやら、そんなものを超えた何か、和食が持つ、妙な力だった。食べ物の持つ、正しさ、というか。

さすが、世界遺産。和食、強し。

けれど、この頃、美菜代はその正しい食べ物をどうしても口に入れられないのだった。昼食や夕食ならなんとか食べられるが、朝がいけない。妙に喉にひっかかる。ちょっと前までダイエットのため食べるのを控えていたゲスなパンしか食べられない。体重が確実に増えていることに、もちろん、気がつきながら。

パンをこそこそと袋に入れなおしてバッグに突っ込み、事務所で食べようと立ち上がった。

「いいのよ。別に。食べてはいけない、と言っているのではないの。ただ、そうやって、菓子パンや総菜パンばかり食べているのは何か理由があるのか、と思って」

母は麩《ふ》とネギの入った味噌汁に箸を入れながら尋ねる。

「特に……深い理由なんてないけれど」

もそもそと椅子に座りなおしながら答えた。

「本当に気にしないで食べていいの。ママがそう言ったんだから」

確かにそうだった。社内恋愛で結婚の約束までしていた男に振られて、商社の秘書をやめた。セレブ専門の復讐屋『成海事務所』に勤め始めても、家で朝食を食べず、職場でパンを食べていた。

ついに母から、「家でご飯を食べていきなさい。ママが作ったものが食べられないなら、なんでも自分の好きなものを食べていいから」と言われた。

婚約者に裏切られて部屋で泣いていた時も何も言わず見守ってくれ、会社をやめた時も大人だからと認めてくれた親に言われた言葉は重かった。陰ながら心配しているのもわかっていた。

「パンなら、コーヒー、淹れるね」

母は自分の食事を後にして、台所に入って行った。

さすがにそこまで言われたら断れない。グッドスティックを、もう一度、バッグから出す。

「角の家の、三浦《みうら》さんのおじいちゃん、亡くなったのよ」

母が背を向けたまま言った。

「三浦さん……？」

「ほら、大きな犬を飼ってた。あなた、昔は学校の帰りによく撫でさせてもらっていたでしょう。おじいちゃん、毎朝、散歩してたじゃない」

「ああ。あの。柿の木のある」

「そう。大きなお庭の」

母がマグカップを二つ持って戻ってきた。

「あの家、どうなるのかしらねえ」

「お子さんがいたでしょ」

うっすらとした記憶を頭の底から引っぱり出す。

「そう。男の子が二人と女の子が一人。最近はあんまり姿を見なかったけど……どなたが相続するのかしら」

正直、少し前まで、こういう母の近所の噂話は好きではなかった。順風満帆の会社員だった頃は、なんてつまらない話ばかりしているのかと思っていた。けれど、今は、むしろ助かる。

「長男の方は海外で、確かシンガポールで金融業にお勤めだって聞いてたのよね。おじいちゃんは次男の方といっしょに住んでいたはず。長女は結婚を反対されてから家を離れてあんまり行き来がなかったみたい。昔は仲のいいご家族だったのに」

「そう」

「いろいろもめている、って話も聞くわ。そりゃ、そうよね、介護した人としてない人とじゃ、相続問題も起こるわよ」

この身も蓋もない話が、気まずい朝食の席の時間つぶしになるだけでなく、不思議な安心感を美菜代に与えるのだ。ゲスなパンと同じように。

「結婚しても実家とうまくいかなくて離れ離れになるぐらいなら、美菜代みたいにずっと一緒にいてくれる方がまだましかしらねえ」

母のつぶやきで、グッドスティックが喉につまった。

「家と土地は売って、三人で分けるのかもしれない。そしたら、あれだけの土地だもの、小さいマンションなら建つわね。知らない人がたくさん入ってきたら、ここらの雰囲気も変わる。困るわあ」

先の先まで予測して、母は軽く身悶えた。

「まだ、そこまで考えなくてもいいんじゃ……」

思わず、ちょっと笑ってしまった。

「嫌ねえ、あなた、そういうのって早いのよ。始まったらあっという間なの。裁判、調停、分割、家の取り壊し、マンション建設、内覧会。わーっと来て、わーっと終わるんだから」

美菜代は黙ってうなずいた。

これが必要なのかもしれない。

人生は流れる。すごい速さで。それをほかの人たちの噂話で実感することが。

その日、『成海事務所』には朝から一人も客が来ないまま午後になった。所長の成海慶介はデスクに肘をついたまま、美菜代に尋ねた。

「これまで、人生で一番、悩んだことってなんだ?」

「一番……?」

先月の収支を計算していた美菜代は電卓から顔を上げた。

「なんですかね」

子供の頃乗り物酔いが激しくてバス遠足は地獄の苦しみだった、美菜代は遠足のたびに「明日は雨になれ」と祈ったものだ。駆け足が遅くて運動会が憂鬱《ゆううつ》だった、その時も雨乞いした。巻き舌ができなくてドイツ語の授業がつらかった……。

「やっぱり、結婚できなかったことですかね」

どれもこれもその時は真剣に悩んだことだが、やっぱり、人生で一番つらかったのはそれだ。進学も就職も努力次第でなんとかある程度のところまでは解決できる。けれど、結婚だけは。

結婚だけは相手のあることで、努力の仕様がないし、仕方もわからない。

「努力でかなわないことって、たぶん、人生の中で初めての経験だったんですよね。こんなにつらいことだと思いませんでした。しかも親にもせっつかれるし……」

美菜代が成海を振り返ると目をつぶっている。

「あの、所長、ちゃんと聞いてます？」

「……ああ、悪い、興味なかった」

「興味ないって、そちらが聞いてきたくせに」

その時、事務所のドアがいきなり開いた。

「はい」

美菜代は一瞬、どうしてノックしないのだろう、と疑問を持ったが、入ってきた男を見てわけが分かった。老人で、杖をついていたのだ。

「あ、お客様、お足もと、お気を付けください」

ドアの近くに座っていた美菜代は、すぐに立ち上がって走り寄った。杖を握っていない、彼の左腕に手をかけた。

「どうぞ、私の肩につかまってください」

しかし、老人はむすっとしたままで、美菜代の顔も見ない。

「ソファに座っていただいて……」

ところが、彼はソファには目もくれず、まっすぐ奥の成海のデスクに近づいていった。慌てて美菜代も後を追う。

成海はそれまで肘をついていた顔を上げた。

「成海というのはお前だな！」

「はい。私が成海ですが」

老人の白っぽい、かさついた顔がみるみるうちに赤くなった。同時に彼は杖を振り上げた。成海の目が驚きで見開かれる。

「お前、うちの妻に何をした！」

妻？　うちの？　美菜代がその言葉の意味に答えを出す暇もなく、振り上げられた杖は成海の頭の上に振り下ろされた。

というか、バランスを崩した老人が成海に向かって倒れこんだ、という方が近かったかもしれない。

「うあ、うおっ」

成海は寸前のところで、後ろにのけぞるようにして杖からなんとか逃れた。

「わー所長！　大丈夫ですか！」

「早く、このじーさん、なんとかしてくれ」

「はい！」

美菜代は小さな体で、老人を後ろから押さえ込んだ。しかし、印象と違って、なかなかに力が強い。美菜代も振り払われそうになる。

「放せ、放せ」

「おじいさん、落ち着いてください！」

「放せ、こいつはこいつは」

彼はまた杖を振り回す。

「うわあ」

成海はさらに窓のあたりまで逃げた。

「所長、所長も見てないで、杖を！　杖を取って」

美菜代の声に我に返った成海は、お、とかすかに言って、杖に当たらないように近づいてきて、手からそれを奪った。

「お前、お前のせいで、妻は」

杖を奪われても、老人はまだばたばたと手足を動かしていた。

「お客様、お静まりを。所長があなたの奥様に不埒《ふらち》なことをしたかもしれませんが、話し合いましょう!」

「おれが、こんな年寄りの奥さんに手を⁉」

「手を出したんですか!」

「だから、出さないって。警察を呼ぶぞ!」

警察、という言葉を聞いたとたん、老人の体から力が抜けた。がくんと倒れ、後ろから体をつかんでいた美菜代もしりもちをついてしまった。

「それだけはやめてくれ」

「そういうわけにはいかないよ」

老人の勢いがなくなったのを見て、成海は元気を取り戻し、スマートフォンを胸ポケットから出した。

「待て、待て」

今度は老人の方が悲しげにうめき声をあげた。

「警察だけは待ってくれ」

その時、背後のドアが開く音がして、「お父さん！」という男の声が聞こえた。

「本当に申し訳ありません」

後から入ってきた男は、美菜代と成海に頭を深く下げた。

「父がご迷惑をおかけしまして」

彼は老人を追ってきた息子だった。きちんとしたスーツを着ていて、三十代半ばに見えた。

息子は、自分はＩＴ関連会社でサラリーマンをしている浅野敬一郎《あさのけいいちろう》、父親は浅野清二《せいじ》だと名乗った。

「ご迷惑、なんて程度じゃありませんよ。これは犯罪です」

成海はいつから出したのか、白い、アイロンのかかったハンカチを出して、鼻のあたりに押し当てている。

清二の杖は当たっていないはずなのに、どうしたんだろう、取り押さえた時どこかにぶつけたのかな、と美菜代はいぶかしく思っていた。

「そう言われても、仕方がありません。ただ、最近、父はちょっと怒りっぽいところがありまして、すぐに罵《のの し》ったり、手を上げたりしてしまうのです。この間もチェーン系カフェで店員と口論になって出入り禁止になったばかりで……」

謝る敬一郎の隣で、清二がむすっとしている。しかし、さすがに息子が現れてからは心なしか肩が落ちているようだった。

いわゆる暴走老人というやつか、最近テレビでよくやっている、と美菜代は思った。

「昨夜、父から電話があって、ひどく怒っている様子だったので、今朝急いで家に見に行ったんですが、すでに外出した後で」

「私はまだ一人で出歩けるよ。老人扱いしないでほしい。あのカフェの店員には、商売というもの、仕事というものを教えてやっただけなんだ。室温が高い、暑いと教えてやったのに、マニュアル通りだと変えようとしないから、お客様というものは何かということを指導して……」

敬一郎は父親をさえぎった。

「でも、現にこうやって迷惑をかけているでしょう」

「この男のせいで、八年前妻が出て行ったんだ。文句を言うぐらい、当然じゃないか」

「文句を言う前に、手が出てましたよね」

成海がひややかに言った。

「言葉の前に暴力というのでは、正常な社会人としての生活を営めません。周りの方もご苦労なさっているでしょう」

「いえ、普段の父は、穏やかな人なんですが……本当に申し訳ありません」

「頭に血も昇る。あんな、報告書を見せられたらな」

「報告書？」

成海が尋ねた。

「あんたが作った報告書だ。私と妻を離婚させた、あんたのリポートだよ。忘れたとは言わせない」

また、清二が身を乗り出して、敬一郎がそれを止めた。

相手は老人で、息子がちゃんと隣にいるというのに、成海がびくっと体を震わせたのに、美菜代は気がついていた。

本当に、口ほどにもない男だわ……。

話が長くなりそうなことに気がついて、お茶を用意する。

「母は浅野小百合《さゆり》、といいます」

成海はちょっと首をかしげながら、うなずいた。まだ案件を完全に思い出しているわけではないらしい。

「当時、両親は父方の祖父母と同居していました。父は次男ですが、長男の伯父が浅草《あさくさ》で手広く商売をしていたものですから、親の面倒は看られない、と言われてこちらで引き取っていたのです」

「お父様のご商売はなんですか」

「私はサラリーマンだ。商社に勤めていた」

清二は胸の前で腕を組んだまま、答えた。

「父は、八年前は五十八歳でした。まだ会社に勤めていましたから、祖父母は主に母が看ていました。祖父が寝たきりだったので、母は介護の勉強までして一人で頑張っていました」

「しょうがないだろう。私も、当時は忙しかった。なんといっても、三葉《みつば》商事の部長だったんだから」

「私もそれはしょうがないと思います。社会で闘っていると、父の大変さはわかりますから」

二人はそろってうなずいた。

お茶を出しながら、美菜代は、つまりこの父子は母親に介護を押し付けたのは当然だと思っているのだわ、と胸の中で考えた。

「休日も返上で働いていた。ゴルフなんかの付き合いもあったし」

「わかりました、わかりました」

成海は手のひらを彼らに向けてさえぎった。

「あなた方が、介護を奥さんにすべてやらせたことの言い訳はもう結構です。話を先に進めてください」

二人は不満そうに唇を尖らせた。そういう顔をすると、やはり、親子はよく似ていた。女親と娘は習慣が、男親と息子は考え方が似てくるのだと祖母は言っていた。けれど、この親子は表情もよく似ている、と美菜代は思った。

「祖父が亡くなった後、相応の財産が残りました。預貯金、証券類と土地と家屋です。祖母への分をのぞくとそれらは、ほとんどすべて長男である伯父が相続しました。これには私もちょっといかがなものかとも……」

「しょうがないだろ！」

清二が怒鳴った。

「財産はもともと、兄さんが継ぐべきものだと言われていたんだ。ちょうど実家の商売がうまくいっていなかったこともあるし、譲ってくれ、と言われたら、そうするしかない。当時はな」

「……まあ、父の言うこともわかります。男同士、兄弟同士の問題でもありますし。伯父は商売をしていることもあり、口が上手で押しの強い人なのです。ただ、母はちょっと不満を持ったみたいで」

「あれがあんな金の亡者とは知らなかった。おやじが死んだ後、少しでも譲ってもらったらどうかと言い出したんだ。お前には関係ないことだ、と怒鳴りつけてやったら、今度は、自分が介護したのだからその労力に見合う分だけでももらいたいやら、時給に換算してもらってもいい、だなんて言う。あきれたね、自分の親を面倒看るのは当たり前のことじゃないか」

「でも、奥様の実の親じゃありませんよね」

成海は口をはさんだ。

「私の親ということは、あれの親というのと同じことだ。そのおかげで、あいつだって毎日、飯が食えて、家にも住めたんだから」

「まあ、そういうことでして、伯父伯母と父母で話し合いになったのですが、父も伯父たちの肩を持ちまして、母は遺産を受け取ることはできませんでした」

「当たり前だよ、あいつの親でもないのに、金をもらえると思う方が図々しいんだ」

都合のいい時だけ親とか言うんだ……と美菜代はあきれた。

「あとのことは、ご存じのとおりです」

「ええ。確かに、小百合さんはこちらにいらっしゃいました」

話を聞いているうちに概要を思い出したのだろう。成海はうなずいた。

「普段は、個人のご依頼の内容は、たとえご親族でもお話しすることはありません。でも、今回はすでに報告書をお読みのようなので」

「あいつが家に置いていったのを、昨日、見つけた」

「自分一人に介護を押し付けたのに、あなたやお義兄さんからはなんのねぎらいも、お礼もなかった。遺産も受け取れなかった。強欲な義兄夫婦に復讐して、気持ちをおさめたい。できたら、あなたにもお灸をすえたい。そういう依頼でした」

「その挙句に、あいつは家を出て行った。お前にそそのかされてな」

清二が成海をにらんだ。

「そうです。離婚を勧めました」

成海は、清二と同じように腕を組んだ。そして、どうどうと言い放った。

「復讐したいほどの気持ちを抱えて、こんな家にいても仕方がないでしょう、新しい人生を考えた方がいいと言いました。小百合さんはずいぶん迷っていらっしゃいましたけど、決心されました」

「知ってる。あのクソ報告書に書いてあったから」

また、清二が身を乗り出し、息子が押さえた。今度は、成海もびくつかなかった。

「どうとでもおっしゃってください。私は今も自分が間違ったことをしたとはまったく思っていません。仕事には誇りを持っています」

成海と清二はにらみ合った。

「……お父さん」

しかし、息子の敬一郎がとりなすように言った。

「お父さん、もう、しょうがないじゃないか。八年前のことなんて今さら仕方がないよ。

母さんは出て行ってしまったんだ」

「いや、まだ私には考えがある」

「考え？」

「相続には、法定相続人が最低受け取れる割合っていうのがあるんだ。それをこれから兄貴に請求してやろうと思う」

「相続の遺留分ですね。でも、あれの時効は確か一年ですよ」

成海が口をはさんだ。清二の表情がみるみるうちに曇った。

「お詳しいんですね」

「まあ、こういう仕事をしていると嫌でも勉強しますからね」

清二がはっと顔を上げた。

「今、おふくろが入院しているだろう」

「ああ、お祖母《ばあ》ちゃんね」

「次の相続では、もう、絶対に兄貴のいいようにはさせない。徹底的に闘うつもりだ。ちゃんと金を取って、それを小百合にも話せば、あいつも考えを改めるだろう」

「なるほど……」

敬一郎がうなずいた。「確かに可能性はあるね」

うわ、母親の死まで利用するんだ、と美菜代はげんなりした。

成海が肩をすくめる。

「それでは、そろそろお帰りになっていただけますか。こちらも仕事があるものでね。先ほどの暴力事件については正式な謝罪と慰謝料をのちほど請求させ……」

「いや、お父さん、もっといいことがあるよ」

敬一郎が身を乗り出した。

「お母さんのことは、この成海さんにお願いしたらどうだろう」

「え」

成海と清二が同時に驚いた。

「成海さんはうちの事情や相続のことにも詳しいし、そういったことも含めて、これから相談させてもらったら。それにさっきの失礼のお詫びにもなるし」

「……そうか……?」

清二は嫌な顔をした。しかし、それ以上にしかめ面をしたのが成海だった。

「お断りします。さっきのことはさっきのこと。仕事の依頼はまた別の問題ですし、私は復讐の専門家で……」

大きな声を出したはずみに、それまで鼻のあたりを押さえていたハンカチが外れた。慌ててまた当て直したが、その下はやっぱり無傷なのを美菜代は見逃さなかった。なぜ、いつまでも、ハンカチを持っているのか、謎だった。

「まあ、伯父夫婦から遺産を取り返すのも広義の復讐と言えますし、ここは以前からうちの問題をよく知っている方に」

敬一郎は熱心に食い下がった。

「それでは依頼人の利益に相反することになりますし」

「もう八年も前になりますから。それに母も一人できっと困っているはずです。父とまた一緒になった方がいいんです。その説得役をしていただけないでしょうか」

「それは……」

「所長、ちょっとよろしいですか」

美菜代が声をかけると、成海は一つうなずいた。依頼人たちに聞かれないように、二人はキッチンのある部屋の隅に行った。

「なんだよ」

「この仕事、受けてください」

「やだよ。気が乗らねえ」

「私も気が進みません。でも」

美菜代は、さっき計算していた事務所の月次報告書を見せた。

「先月の、大金持ちの飼い犬の復讐の件からめぼしい依頼が来ていません」

「だけど、あいつら、セレブじゃないだろ。金あるのか」

美菜代は、今度はスマートフォンのインターネット画面を見せた。

「浅草の浅野商店。もともと浅草の雷門で三代続いたお土産店です。他に居酒屋を四軒、お菓子屋も二軒持っている、大きな会社です。このところの業績がいまいちでも、相続分は決して少なくないかと」

成海は『浅野商店』の看板の前に立つ、清二にそっくりな店主の顔をじっと見た後、小さな声で「わかった」と言った。


浅野親子が帰った後、美菜代は気になっていたことを尋ねた。

「ハンカチ、どうしたんですか」

「え?」

成海は一瞬、わけがわからない、といった顔をし、きょろきょろとあたりを見回した。

「ごまかさないでください。ハンカチです。さっきまで所長が鼻に当ててたハンカチ。杖がぶつかったんですか」

成海は肩をすくめた。「見てたのか」

「見えないわけないでしょ」

白いハンカチをポケットから取り出した。

「だめもとだよ」

「だめもと?」

「杖は当たってない。けど、心理戦さ。向こうはもしかしたら、怪我させたのかなあ、って思うかもしれない。無言の圧力を感じさせられれば交渉も強気にいけるだろうが」

「そんなことして、本当に診断書を求められたり、証拠を出せと言われたら、どうするんですか」

「だから、おれは一言も、怪我した、なんて言っていない。向こうが勘違いするかどうかだけ」

「そんなことのためだけに?」

「だから、だめもとだって言ってるだろう。やるのはただ。もしかしたら、慰謝料くれるかもしれないし」

考え方が当たり屋と一緒だよ……美菜代は大きくため息をついた。

「今回はお前がやれよ」

ため息が癇に障ったのか、成海が威張って言った。

「私が?」

「そう。お前が引き受けろと言った仕事だからな。まず、お前が、浅野小百合の現在の身辺を洗え。何、むずかしいことじゃない。住所はわかっているし、相手は老人だ。しばらく尾行して報告書を作れ」

「無理ですよ。探偵の仕事なんてやったことないんですから。尾行なんて」

「簡単簡単。目立たないかっこうで、ま、お前はもともと目立たないんだから大丈夫だ、小百合の家の前で張って、相手が動いたらついていけばいい。運転免許は持っているか」

「は……い」

「さらに都合がいい。小百合の家の前に車を置ければその中にいていいから。どうせ婆さんの一人暮らしだ。たいした外出はしないだろう」

「車？」

「おれの車は貸さないからな」

黄色のオープンカーなんて、こっちからお断りだ。

「お前の親の車は？」

「確か、白のクラウンです」

「ちょうどいい！　娘が尾行するために親が用意してくれたような車じゃないか」

「なんですか、それ」

「とにかく、一週間はここに来なくてよし。嬉しいだろ。一週間後、報告書提出」

「えーーー」

教師からテストを告げられた小学生のような声を出してしまう。

「これでも、お前が初心者だから優しいんだぞ。普通なら三日で出してもらう報告書だ」

「でも」

「はい。解散。ではまた、一週間後に」

そう言うと、成海はソファに寝転がった。


翌々日の早朝、美菜代は白のクラウンに乗って、また、グッドスティックをかじっていた。

目は動かさず、木造アパートの二階のドアに視点を据えていた。

小百合の家は住宅街の一角にあった。前に比較的広めの道路があり、街路樹が茂っていた。その陰に駐車していれば、あまり目立たない。母が宝塚観劇の時に使う、オペラグラスも借りてきて、用意万端だ。

一日目の昨日はひどかった。通勤時間と同じぐらいでいいかと九時半にここに来たところ、三十分ほどで小百合が戻ってきた。つまり、彼女はすでに朝早く外出していたのだ。そして、その日は一日中、家から出てこなかった。

十時間以上車の中にいるのは、思った以上に苦痛だった。眠気にも耐えなければならなかった。疲労困憊《こんぱい》の美菜代は、夜、成海に報告の電話を入れた。

「もーひどい目に遭いましたよ。張り込みがこんなに大変と思わなかった」

しかし、成海から返ってきたのは、罵声のみだった。

「ばーか！　何やってんだよ。老人が朝早いなんて、常識だろうが！　重要な現場を見逃していたらどうするんだ！　ばーか、ばーか。そんなこともできないのか。本当に役立たずだな。次、同じことをしたらクビだからな」

悔しさのあまり絶句していると、「明日は、絶対に、早朝から見張るんだぞ」と言われて電話は切れた。

それで、今日は朝五時にこの場所に着いた。

朝暗いうちから出かけていく娘に、両親は何も言わなかった。

ざっくり、「人の精神的なケアをする職業」と伝えてあるが（ものは言いようだ）、いったい、どんな仕事をしていると思われているのか。

しかし、気兼ねなくパンを食べられる、ということだけはありがたい。美菜代は途中でコンビニに寄り、さまざまなゲスなパンを買い込んでいた。

五時半過ぎ、小百合が家を出てきた時には、すでに三つのパンを平らげた後だった。

美菜代は手と膝のパンくずを慌てて払って、そっと車から出た。駐車違反は気になるが、背に腹は替えられない。前日は十時には戻ってきたのだ。そのぐらいまでなら大丈夫だろう。いざとなったら、母に連絡して取りに来てもらうことも考えていた。

小百合は老人とは思えない、しっかりとした足取りで、白髪を小さくまとめ、厳しい表情で歩いていた。美菜代の祖母は年を取ってもいつもワンピースを着ておしゃれだったから、ずいぶんカジュアルに見えた。美菜代もチノパンにパーカー、スニーカーのラフで歩きやすいかっこうで来ていた。セーターにスラックスの軽装である。

小百合は八分ほど歩いて、最寄の私鉄駅から電車に乗った。美菜代ももちろん続く。一度乗り換えて、新宿《しんじゅく》で降りた。

新宿の朝の雑踏を、小百合は慣れた足取りですいすいとすり抜けて行く。美菜代も置いていかれないように、距離を縮めた。

東口を出てアルタの前を通り、さらに歩く。

六時過ぎに雑居ビルの前に着き、躊躇《ちゅうちょ》なく小百合は中に入って行った。

美菜代はビルの前で立ちつくした。

朝早いのは、散歩でもしているのかと思っていた。電車に乗っただけでも驚きなのに、新宿のビルの中に入って行くとは。ここで何をしているのだろう。

少し逡巡《しゅんじゅん》したあと、ビルの斜め前にある、古い喫茶店に入った。窓も扉も茶色のガラスでできていて中が見えない、普段なら躊躇してしまう店だ。怪しげなところだったり、常連ばかりだったらどうしよう。

幸いなことに、店の中は普通の喫茶店だった。ソファに赤いベルベットが張ってあるような、古風な店だ。老人とサラリーマンが何人かいて、皆、新聞を読んだり、スマホを見たりしている。窓際に陣取り、パンとサラダと卵のモーニングを頼んだ。本日、四つ目のパンだけど仕方がない。外から中は見えにくいが、中からなら外が見えるタイプのガラスだった。

小百合と雑居ビルの謎も、しばらくして氷解した。

彼女自身がほうきとちりとりを持って、ビルから出てきたのだ。紺色の上下の作業服を着て、三角巾をしている。どう見ても、掃除のおばさんのスタイルだった。

丁寧に道をはきながら、時折、顔見知りと思《おぼ》しき通行人とあいさつを交わしている。終わるとビルの中に戻って行った。内部の掃除をしているのかもしれない。

九時過ぎ、雑居ビルにもちらほら出勤するサラリーマンが現れる頃、小百合は着替えて出てきた。また、駅の方に歩いていく。美菜代は急いで代金を払い、その後を追った。

小百合は駅に着く前に、小さなパン屋の中に入った。美菜代が外から見ていると、パンではなく、店の端にあった何か袋にぎっしり入ったものを持って、レジに向かった。目を凝らして、その袋が何か見定めると、美菜代は胸が詰まった。

それは、パンの耳だった。

店にはおいしそうなサンドイッチがたくさん並んでいる。そちらには見向きもせず、パンの耳を小百合は嬉しそうに買って持参のバッグに入れた。

また、同じ電車に乗って、小百合は帰途についた。家の最寄ではなく、ひとつ前の駅で彼女は降りた。片手に、パンの耳を入れたバッグを持ち、ゆっくりとした足取りで、歩いていった。

大きな公園に着いた。ここが彼女の途中下車の目的地なのは、間違いなかった。入って行って、ベンチに座った。美菜代も少し離れたベンチに座る。

待っていたかのように、猫が現れた。小百合はあたりを見回しながら、バッグからパンの耳を取り出し、猫にやった。すぐに数匹の猫が現れる。公園で餌付けをすることは禁止されているのかもしれない。用心深く、何度も見まわしていた。美菜代はスマホを取り出して、それに熱中するふりをした。

猫たちに小百合は何か声をかけている。きれぎれにその声が聞こえてきた。

あら、あなた久しぶりじゃない、どうしてたの？　そう、いいのよ、好きなだけ食べなさい。あら、あなたたちは最近いつも一緒ね。仲が良くてうらやましいわ。この頃、ちびちゃん、見かけないけど、誰か知っている？　ほら、トラ猫のちびちゃんよ。大きくなってもう来ないのかしら。それとも別の場所に移っちゃったのかしら。もしも、誰か見かけたら、一度、顔を出すように言ってね、さびしいから……。

美菜代はスマホの画面が曇って見えなくなった。涙があふれて、画面にしたたり落ちた。

なんて孤独な……さびしい女性だろう。かわいそうに。毎朝、ビル掃除の重労働をして、パンの耳を買って、猫に話しかけるのが唯一の楽しみなんだ。

満腹になった猫たちが去ると、次は鳥たちがやってきた。それにも小百合は丁寧に細かくちぎったパンくずを撒いてやっていた。

涙にぬれた目で、美菜代はスマホで自撮りするふりをしながら、何度も彼女の姿にシャッターを切った。

翌週、出所した美菜代は、十数枚にわたる報告書をうやうやしく成海に手渡した。彼は黙って受け取ると、数ページに目を通し、証拠写真の束をざっと見ただけで顔を上げた。

「なんだよ、これ」

「報告書ですよ。もちろん。所長から頼まれた」

安藤《あんどう》小百合、離婚前は浅野小百合の行動を、事細かにメモしたものを時系列に文章にまとめた。自信作のつもりだった。

成海は三日目の分を読み上げた。

「……依頼人元妻、小百合氏は今日も朝五時半過ぎに家を出た。十月にしては冷える日で鼻の奥がつんとする空気を、尾行者A子……」

「あ、それ、私のことです」

「A子もまた、その秋の空気を吸い込んだ……どこから突っ込んでいいのか、わからんな」

「できるだけリアルな現場の空気をお伝えした方がいいと思って」

「……この日、小百合氏は清掃の仕事を終え帰宅した後、昼過ぎに再び家を出た。近所の特養老人ホームに向かう。入所している友人にでも会うのだろうか、それとも、今後自分が入る時のために見学でもしているのだろうか」

成海は眉間に深いシワを作って、ため息をついた。

「はい?」

「これ、中で、小百合婆さんが何をしているのか、わからなかったら意味がないだろうが。どこ見てんだよ。何が、見学でもしているのだろうか、だよ！　子供の作文じゃないんだよ、夏休みの絵日記帳じゃないんだよ。報告書なんだよ！」

「でも、私は一生懸命に……」

「小百合はその掃除の仕事でいくらもらってるんだよ？　老人ホームに行って誰に会っているんだよ？　一人で家にいる時は、何をしているんだよ？」

「だって、そんなのわかるわけないじゃないですか！　人のお給料なんて。個人情報保護法があるし。ましてや老人ホームや家の中なんて」

「それを調べるのが、おれたちの仕事なんだよ。しょうがねえなあ。結局、おれがやるはめになるじゃないか」

「そんなこと言ったって」

「それに、お前は見方が画一的すぎる。まるで定年後の頭の固いじじいみたいだ。まだかろうじて二十代なのにそんなんでどうする」

「画一的？」

「一つの見方に凝り固まっている、ってこと。小百合はさびしいお年寄り、って思い込みすぎなんじゃないか」

「さびしくない人が、猫に話しかけますか？」

「さあね。それを調べるのが仕事だ。明日は朝から一緒に張り込みだ」

「えー、私もですか」

「車はお前の家のを用意しろ。ここまで迎えに来いよ」

言われなくても、あんたの車じゃ無理ですよ、と美菜代は胸の内でつぶやいた。

小百合の家の前に、美菜代が車を着けると、成海は当然のように「おれは少し寝るから、小百合婆さんが出てきたら起こしてくれ」と言って助手席を倒した。

深いため息と舌打ちで抗議の意思を示したが、成海はまったく意に介さず、すぐにいびきをかき始めた。

美菜代はバッグの中からまたパンを出した。つらい張り込みも、このゲスなパンと一緒なら頑張れる。今日はハンバーグが中に入った総菜パンだった。ハンバーガーではなくて、パティが焼きこまれているのだ。

「くさいっ！」

美菜代がぶっとかぶりついたところで、成海が起きた。

「くさい、くさい。お前のパンはどうしてそんなにくさいんだ」

「くさいって……普通のパンですけど」

「ああ、もう。ハンバーグなんて入っているからくさいんだよ。臭いが車にこもってる！　それにその袋。かしゃかしゃ、かしゃかしゃ、うるさい。くさいし、うるさいし、食べるなら外に出ろ」

「嫌です。降りません。これ、うちの車ですよ。文句があるなら所長が降りてください」

「じゃあ、そのパンをちょっとくれ」

「え」

「一緒に食べれば、臭いが気にならなくなるだろ」

美菜代は不承不承、四分の一ほどちぎって、成海に渡した。

た。

「でしょ？」

答えたとたん、成海は美菜代の食べかけのパンを奪って食べてしまった。あ、間接キッス、と思ったが、あまりに彼が抵抗なく口に入れるので、何も言えなくなってしまった。

「……結構、うまいな」

成海は美菜代が買ってきた缶コーヒーも当たり前のように半分飲んでしまった（こちらはまずい、と文句を言いながら）。そうこうしているうちに、小百合の部屋のドアが開いて、小さなレジ袋を持った彼女が出てきた。

「なんか持っているな」

「ゴミです。今日、燃えるゴミの日ですから」

小百合は車の前を通り（その間、美菜代たちは頭を下げて息をひそめた）ゴミを捨てて、駅の方に歩いて行った。

「やっぱり、今朝も清掃パートですかね」

「だろうな」

二人で音を立てないようにそっと車のドアを開け、彼女の後を追った。

そこからは美菜代が報告書に書いた通りの行程だった。小百合は新宿の雑居ビルで仕事をし、パン屋でパンの耳を買って公園に行き、猫と鳩に話しかけ、午後は老人ホームに向かった。老人ホームに小百合が入ると、数分おいて成海は中に入って行った。

どうするんですか、と聞きたいのを我慢して、美菜代もそれを追った。

ホームは病院のように正面に受付があった。そこに成海は小走りで近づく。

「今、入ってきた人」

「は？」

受付の中年女性が首をかしげながら顔を上げた。

「今、ここに来た人、浅野小百合さんですよね？　あ、離婚されたから、今は……苗字が変わっているかもしれない。僕らの」と言いながら、成海は後ろの美菜代を振り返った。

「へ？」

驚いたが、とりあえずうなずく。成海は顔を戻した。

「僕らのお仲人《なこうど》さんなんです。いろいろお世話になったんだけど、離婚されてからお会いすることもなくて。ちょうど、この建物に入って行くところを見かけたので、一言ごあいさつしたくて。ね？　確か、安藤……」

成海はまた、振り返った。美菜代は、今度は満面の笑みで、「ええ」とうなずいた。

「安藤小百合さんですね」

受付の女性が、警戒を解いたように答えた。

「そうそう、やっぱり、旧姓に戻られたんですね。あの、小百合さんはこちらに入所なさって……？」

「いいえ。それはまだですよ。お元気ですもの。体が動くうちにできることはしたいって、ここで介護のボランティアをしてくださっているんですよ。資格も持っていらっしゃいますしね」

「ああ、そうなんですか。小百合さんらしい」

成海が飛び切りの笑顔で、彼女を見た。思わず、相手も同じ表情になるほどの。

「ええ。いい方ですものね。でも、今日はボランティアじゃありません。確かダンスのはず」

「ダンス？」

「こちらの施設では、シニアの方を対象にいろいろなお教室をしているんですよ」

女性は立ち上がって、プリントを持ってきてくれた。

「こちらがタイムテーブルなんですけどね。パソコン、習字、園芸、手芸、油絵、墨絵、コーラス……なんでもあるんですよ。ちょっとしたカルチャーセンター並みでしょう」

「ああ、なるほど」

「場所代はただだし、講師もね、特別な場合を除いて同じシニアの方がボランティアでされるから、お安く習えるんです」

「それはいいですね」

「安藤さんは、確か社交ダンスと英語と陶芸をされているはず」

「そうですか」

「今日は社交ダンスですよ。どうします？　お会いになりますか。教室は二階ですけど」

「どうしようか。でも、せっかくの教室に押し掛けるのも申し訳ないなあ」

成海は美菜代を振り返る。

「……そうねえ」

美菜代も考えるふりをした。

「大丈夫ですよ。そんなに厳しくない、のんびりしたお教室ですから」

「じゃあ、とりあえず、教室の外まで行かせていただいて、声をかけられそうだったらお話しします」

女性がレクリエーションルームだと教えてくれ、二人はエレベーターで二階に上がった。

部屋のドアには丸い窓が付いていた。美菜代と成海はそれを廊下から覗き込んだ。

二十人ほどの老人たちが男女でペアになって踊っていた。小百合はシックなワイン色のロングスカートを身に着け、ダンスシューズらしいヒールの靴を履いて、同じぐらいの歳の男と組んでいた。どちらかがステップを間違えたのか立ち止まり、足元を見て笑いあっている。

「楽しそうだな」

「ええ」

「これでも、さびしいお年寄りか？」

「これだけじゃわかりませんよ……でも、私だって男の人と踊ったことなんかないのに」

成海と美菜代は下に降り、受付の女性に礼を言った。

「お会いできました？」

人のよさそうな女性は尋ねてきた。

「なんだか、あまりにも楽しそうなので、中断させるのが申し訳なくて。また出直します。小百合さんはほぼ毎日いらっしゃるんですね？」

「ええ。ボランティアもなさっているから」

外に出ると、成海は言った。

「一度、車に戻るか。たぶん、小百合婆さんはここが終わったら、まっすぐ帰ってくるだろう」

「はい」

「おれも電話をかけたいところがあるし」

車に戻った成海は、さっき手帳にメモした新宿の雑居ビルや、その管理会社に電話をかけ、小百合を派遣している清掃会社を突き止めた。そして、美菜代に、清掃のパートを探している、という口実で電話させて、時給を聞き出した。

「見習いの間は九百八十円、その後は半年ぐらいで五十円上がるんですって。早朝ならさらに割増しになるそうです」

「時給千円以上か、悪くないな。年金もあるし」

「でも、体力的には大変だと思いますよ」

そう言いながら、美菜代も内心、認めていた。

一人で後をつけていた時には、ただ孤独な年寄りとしか見えなかった小百合の生活が、成海と一緒だとくるりとカードをひっくり返したみたいに自由できままな暮らしに見えてくるのだ。

成海は新宿の喫茶店でもカウンターに座り、気安く店主に話しかけていた。そして、雑居ビルの前で掃除している小百合とあいさつを交わした男が客として入ってくるとさりげなく話しかけた。彼はビルの一角を借りている法律事務所の事務員で、小百合が三年以上ビル清掃の仕事をしていること、仕事も丁寧で休まず来るので、守衛やビルの持ち主からも重宝されていることなどを話してくれた。「かわいいお婆ちゃんだから、うちの先生も皆、彼女が好きですよ」と彼は言った。そんな話を聞いた後だと、猫に餌をやっている姿さえ、どこかほのぼのとして見えた。

「まだわからないのか、小百合はさびしい年寄りなんかじゃない。充実した生活を送っている、一人の女性だ。少なくとも、あの浅野清二より幸せそうだ」

わかっていても、成海の言い分には素直に従えなかった。

「ただ、ダンスしていただけじゃないですか。清掃のパート、一人暮らし、猫の餌やり。内容が変わったわけじゃないんですよ」

「老人ホームの人も言っていただろう。小百合は受け入れられているんだよ。今の環境に」

その時、こつこつと音がして、二人がぎょっとそちらを見ると、安藤小百合がフロントガラスをたたいていた。

成海がため息をついて、助手席の窓を開ける。

「やっぱり」

小百合がにこにこと笑った。

「あなた、成海さんね？　復讐屋の」

「……はい」

「わたくしのこと、覚えてないかしら。前にお世話になった浅野小百合……今は安藤小百合ですけど」

「……覚えております」

あなたのことを尾行しているんですよ、とも言えず、成海が憮然とした顔で答える。

「この車、何日もここに駐まっていたでしょ。どうしたのかな、と思っていたのよ。そしたら、なんだか、若い男女がけんかしているみたいだから、もしかして何かあったんじゃないかと心配になってのぞいてみたの。そしたら、成海さんじゃない。びっくりしたわ」

「すみません」

「ごめんなさいね。おじゃまだったかしら」

「いいえ」

成海は美菜代を振り返って、ちょっと肩をすくめた。しょうがないな、という顔だった。

「実はあなたのことを調べていたんです」

「え?」

小百合は上品に、手を口に当てて驚いた。

「お話は、よくわかりました」

三人で入った、ファミリーレストランの一番奥の席で、安藤小百合は言った。

「わたくしの元夫が……そして、息子までがご迷惑をおかけしているなんて、夢にも思いませんでした。ごめんなさい。許してちょうだいね」

成海が彼らからの依頼について説明すると、彼女は丁寧に頭を下げた。

「いえいえ、迷惑だなんて。こちらは仕事ですから」

いつもならふてぶてしく「本当に迷惑ですよ。慰謝料をおたくさんの方からいただいてもいいんですけど」ぐらいは言いかねない成海にしては常になく常識的な応えをする。

「成海さんはますますご立派になられたわね。あれは何年前だったかしら……」

「八年前ですね」

「本当にあの時はいろいろありがとう。感謝しています」

小百合は微笑んだ。顔に細かなシワはあるけれど、白髪を小さなお団子に結い上げ、淡い藤色のストールが色白の顔に映えて、とても六十六という歳には見えなかった。浅野氏が年齢より老けて、爺むさいのとは対照的だ。

「聞くのも野暮ですが、浅野さんからご依頼の、復縁の件なんですけど」

「それはもちろん、きっぱりと断ってちょうだい」

小百合は、自分の言葉通り、きっぱりと言った。

「ですよね」

「あの家や、あの人のところに戻るなんて、とても考えられない。もう過去にはなんの未練もないの」

「そうですか」

「それに、わたくし、今の人生、幸せよ。お友達もたくさんいるし、仕事もある。今のアパートでは飼えないけど公園に行けば遊んでくれる猫たちもいて、趣味のお教室にも通っている。ボーイフレンドもいるしね」

「……さびしくないんですか」

恐る恐る尋ねる美菜代を、成海がきっとにらんだ。いつもとは逆だけど、どうしても聞かずにはいられなかった。

「ごめんなさい。でも、私、ずっと安藤さんの生活、見ていたんです。だから……」

「まあ、さびしくないと言ったら、嘘になるけど」

「ええ」

「あの家にいて、夫や義兄夫婦に、馬鹿な女だ、気の利かない女だと言われながら、感謝もされずに介護させられたり、ちょっと遺産のことに口を出しただけで守銭奴呼ばわりされたりするよりはずっとましだわね」

「でも、おひとりで……ご家族にも会えずにいるのに」

小百合は、ちょっと肩をすくめて「これは内緒よ」と言いながら、バッグの中から定期入れを出した。開けてみると、その中には、浅野敬一郎と女性、子供が二人写っていた。

「敬一郎の奥さんがこうして時々、写真を送ってくれるの。近況の手紙も添えてね。本当にあの子にはもったいないぐらいできた人なのよ。彼女は、わたくしが義父母の介護をしているのを見ていたから、同情してくれているのかもしれない」

「そういう写真を見たら、よけいにお孫さんたちに会いたくなりますね」

成海が、またもやめずらしく、人の気持ちの機微に触れる言い方をしたので、美菜代は驚いた。

「ええ。そうだけど」小百合はファミレスの店内に目を泳がせた。「だけど、人はすべてのことは選べない。人生で大きな選択をしたら、反対側の道には決して行けないのよ。いくら、夫たちにひどい目に遭わされたとはいえ、わたくしは家族を捨てて家を出た。でも、それで自由を得たの。そしたら、多少のさびしさに耐えるのは仕方がない」

小百合の視線を追った美菜代は、その先に、若いママたちが子供を連れてお茶しているのに気がついた。子供たちが飽きないように、折り紙をしたり、絵本を読んだりしていて、時折、かわいい笑い声が響いた。

それは、小百合の過去の姿であり、同時に美菜代の「もう一つの道」でもあった。まだ、その道筋は見えていないが。

「なるほど。わかりました」

成海はうなずいた。

「僕もたぶん、あなたはそうおっしゃるんじゃないかと思っていました。ただ、あれから時間も経っているし、もしかして小百合さんが離婚を後悔していたら申し訳ないので確認したかったんです。当時助言させていただいたのは僕ですから」

「いいえ。まったく後悔はしていない。あなたのあの時の言葉、本当に感謝している」

「あの」美菜代が口をはさんだ。「あの時の言葉って？　所長の助言ってなんですか。離婚を勧めたってことですか」

「ええ、離婚もそうだけど、それ以上に大切なことよね」

小百合はいたずらっぽくウィンクしてみせた。

「うるさいな、お前は黙ってろ」

成海はやっと普段の調子を取り戻して怒鳴った。

「元依頼人とおれの大切な話をしているんだぞ」

「いいえ、いいのよ」

小百合は成海を制した。

「お嬢さんにも教えてあげたいわ。あなただって、きっといつか同じようなことで迷うことがあるかもしれないから。その時、絶対に役に立つから」

「ますます知りたくなりました」

言っていい？　小百合は成海に確認した。

「成海さんが教えてくれたのはね、魔法の言葉なのよ」

「魔法？」

「遺産相続でもめ事が起きた時、後で必ず幸せになるのは遺産を放棄した方だって。不思議なことに、遺産を手に入れた方はなぜか人生がうまくいかなくなるんだって。それが人生の真理なの」

「へー、そうなんですか？」

美菜代が成海の方を見ると、彼は苦々しくうなずいた。

「お嬢さん、わたくしね、あの頃、本当に復讐の鬼になっていた。義父母を懸命に介護してきたのに、そんな自分をバカにし、ないがしろにした義兄夫婦や夫に復讐してやりたくて仕方がなかった。少しでもお金をもらって、気を晴らしたかった。けれど、成海さんにそう教えられ、自分の人生を生きてください、と助言された時、目が覚めたの。復讐に目が曇って、大切なことが見えなくなっているって」

「それでは、浅野さんには本当にお断りしていいのですね」

「もちろん」

小百合は言ってから、ちょっとため息をついた。

「でもね、あの人、友達がいないの。仕事ばかりで、偏屈で、人間関係を大切にしないから。家事もまるでできないし、きっと苦労しているでしょうね。芯からの悪人ではないし、かわいそうなんだけど」

「大丈夫ですか。もしも、少しでも後悔されているなら」

「後悔はしてないけど……でも、もしも、どうしても戻ってほしいと言うなら、一つ、条件があるわ」

彼女は成海と美菜代に、自分の気持ちを伝えた。


次の週末、成海は、浅野清二と敬一郎を事務所に呼んだ。

「今日はわざわざおいでいただいて、申し訳ありません。このたびご依頼のあった、調査の件についてご報告させていただきたく、お二方にお越し願いました」

美菜代は事務所で一番いい日本茶を淹れて三人に出すと、成海の隣に座った。今回はおまえが調査したのだからそうしていいと、前日から言われていた。

「母には話してくれたんですか」

敬一郎が身を乗り出して尋ねた。

「お話ししました」

「で、なんと」

美菜代は清二の顔を見た。こわばっていて、顔色がよくなかった。この間は威勢のいいことを言っていたが、それなりに緊張しているのだろう。

「残念ながら、小百合さんはもう浅野家に戻るつもりはないときっぱりおっしゃっていました」

「なんだあ」

敬一郎は大きくため息をつき、後ろにのけぞった。

「話があるって言うから、戻ってきてくれるのかもしれないと期待してしまいましたよ。やっぱり、だめか」

清二は何も言わなかった。身動きもせずに、じっと腕を組んでいる。

「こちらが、お母様、小百合さんの身辺調査の報告書です」

成海が封筒入りの書類を差し出すと、清二は手を出さず、敬一郎が受け取った。彼はすぐに報告書を抜き出し、ぱらぱらと慣れた手つきでめくった。

清二はその間もじっと固まったまま、成海を見ていた。成海も彼を見返し、二人はお互いを見据えていた。

「ん？　成海さん」

成海と清二の緊張感にまったく気がついていない敬一郎が、報告書を見ながら言った。

「なんですか」

成海の視線が、やっと清二からそれた。

「これによると、母は今、木造アパートに住んで、早朝から清掃のパートをし、老人ホームのボランティアをしているんですね」

「はい」

「わずかな年金じゃ、そうやって働いて、かつかつの生活を送るしかないんだろうな。それなのに、どうしてうちに戻ってこないなんて言っているんですか。ちゃんと聞いてくれましたか」

「もちろんです。小百合さんはそれでも戻らない、とはっきりおっしゃっていました」

「意地を張っているだけじゃないですか。そのあたりもちゃんと斟酌《しんしゃく》してもらわないと」

「わかっています。何度も確認しました」

「いつか働けなくなったら、あいつはどうするつもりなんだ。その時になってこっちに泣きついてきても、知らないからな」

浅野清二が吐き出すように言った。

「ご心配なく。たとえ、そんな時が来ても、小百合さんが浅野家に迷惑をかけることはないでしょう」

成海が冷静に言った。その口調が癇に障ったのかもしれない。清二が立ち上がった。

「じゃあ、もう帰ろうじゃないか。ここにいても仕方がない」

「お父さん」

「この能無しの復讐屋とやらに頼んで損をしただけだ」

成海も立ち上がって、清二の肩に手をかけた。

「まあまあ、浅野さん、ちょっとお待ちください」

「触るな」

清二はその手を邪険に振り払った。しかし成海は気を悪くした風もない。

「小百合さんの件は残念な結果に終わりましたが、相続の問題がまだ残っています。浅野さんのために、最高の相続の専門家をお呼びしましたので、ご相談なさるといいと思います。これは料金内で私が用意させていただきました」

「相続の専門家？」

「はい。相続のアドバイザーを長くなさっている方です。これまで数百件の遺産相続を見てこられて、講演会にも引っ張りだこです」

成海は自分のデスクの上からパソコンを持ってきて、開いたページを浅野たちに見せた。二人はそれを覗き込んだ。

「……法人相続コーディネーター協会……？」

「はい、そちらの副会長をされている方です」

美菜代がパソコンの画面を見ると、彼の経歴と写真が載っていて、白髪の紳士が穏やかな顔で写っていた。

その時、事務所のドアがノックされた。

「ちょうど話しているうちに、いらっしゃいました。神戸君、出てくれる」

「はい、ただいま」

成海からは、浅野親子との話し合い中に来客がある、ということだけは聞いていた。ドアを開けると、ホームページに載っていた、そのままの顔の老紳士が立っていた。

「成海所長はいらっしゃいますか。法人相続コーディネーター協会副会長の福山《ふくやま》、と申しますが」

「はい。お待ちしておりました。お入りください」

「ああ、先生。わざわざお越しいただいてありがとうございました。こちらがお話しした、浅野さんです」

成海は立ち上がって笑顔で迎え入れたが、突然、現れた福山に、浅野親子は戸惑いの色を見せた。

「どうぞ、僕の隣におかけください」

新しいお茶を淹れて福山に出して席をゆずり、自分のデスクに戻った。「ありがとう」と彼は美菜代に微笑んだ。経済ニュースのインタビューに出てくる、会社経営者のような、感じのいい、ものなれた笑みだった。

「このたびは、副会長自らお越しいただいて」

「いやいや、僕も協会も、成海君にはたびたびお世話になっているからね、君の力になれる時はぜひにと思っていたのですよ」

福山は背広の内ポケットから名刺入れを出して、浅野親子に一枚ずつ渡した。その名刺は字の部分が浮き出ている、特殊な印刷のものだった。

「浅野さんたちの相続の件をお話しして相談に乗ってもらうといいですよ。先生はこれまで、多数の問題を解決してきたんだから」

「いやいや、成海君、相続はそんなに簡単なことじゃないんだよ。いきなり来た者に、おいそれと相談できるようなね。それなら、皆、とっくに解決できている。この問題の本質はとてもむずかしくて、デリケートなところにある。だから、浅野さんたちが僕に話をできなくても、しょうがないと思いますよ。お差し支えない範囲でご説明いただけますと、なんらかのアドバイスはできるかもしれませんが」

この福山の言葉に、気圧《けお》されていた清二が口を開いた。

「それでは、ちょっと聞いていただこうか」

「お父さんがそう言うなら」

敬一郎もうなずいた。

二人は最初、回りくどくあまり個人的な内容に立ち入らないように苦労して説明していた。しかし、福山のあいづちの打ち方が適切なのと、彼らの話をすべて肯定してくれるのに気分を良くしたようで、気がつくと洗いざらい、堰《せき》を切ったように話していた。

聞き上手な人だわ、と美菜代は思った。確かに相続コーディネーターというのは、こうやって人の話を聞くのも商売のうちなんだろう。

親子の話が尽きた時、福山はやっと口を開いた。

「お話しいただいてありがとうございます」

「で、どうなんです？　私は母の遺産と、受け取ってない父の遺産をもらうことができますかね」

清二が身を乗り出して尋ねた。

「まず、何よりも、そういう疑問を持たれたところが、浅野さんの人徳の高さ、というか、優しさ、人間性のすばらしさを表しているんだと思います」

は？　と声をあげそうになった。今の話のどこが人徳なんだろうか。そのかけらもない、欲にまみれ、自分勝手な男たちの言い分じゃないか。さんざん親を介護してくれた元妻を罵倒し、一円でも多く取りたいという強欲をさらした言葉の数々だったのに。

ふと見ると、成海が美菜代の方をにらんでいる。お前、黙ってろ、のサインだった。わかってますよ、というように、ふんっと顔をそらす。

しかし、当の浅野清二は褒められたのがよほど嬉しかったのか、いやそんなことは……などと言いながら、頬を染めていた。ここにきて初めての笑顔だった。これまで遺産のことではあまり肯定されることがなかったから、余計喜んでいるのだろう。

「そうですよ。並の人間なら、普通はそんなふうに悩まれません。ただ、親や親戚を訴えて、恨んで、時には傷害事件や殺人事件まで起こして終わりですよ。僕はそういう方々をたくさん見てきました。ご自分の胸におさめておかれるなんて、浅野さんはご立派です。普通ならとてもとても耐えられませんからね」

傷害事件なら未遂だが、ここで浅野清二が起こしているんだけど、と美菜代は思った。

「それで、僕からのアドバイスですが……」

「ええ」

浅野親子は身を乗り出す。

「その、浅野様の徳を、もう一つ上げませんか。必ず、お幸せになる方法があります。とても簡単な」

「と、言いますと?」

「譲るんです」

「え?」

「遺産をお兄様にすべて譲るんです。遺産はもらうよりも譲る方が、長い目で見たら、絶対に幸せになります。長い裁判にかかる費用も精神的負担もありません。お兄様には感謝されて、親戚や友人の中での評判も上がります。とにかく、何百件も遺産問題を解決してきた僕が言うのだから、間違いはありません。譲るんです。徳の高い、浅野様ならできるはずです」

浅野親子はぽかんとした顔で、互いを見合った。そして、福山の言葉が理解できると、二人そろって顔が硬直し、紅潮した。

「どういうことですか。遺産を放棄しろだなんて」

「そのままの意味です。遺産を放棄したら、幸せになります」

「バカな……ありえない、そんなこと」

清二もつぶやいた。

「よくお考えください。僕が言っていることは真理です」

「お父さん、帰ろう」

敬一郎が立ち上がった。

「ああ」

部屋を出て行く二人に、福山はもう一度言った。

「僕が言ったことを、家に戻って、冷静に思い出し考えてみてください。そして、どんなにお兄様とけんかしても、兄弟の縁は切らないように」

しかし、二人は振り返りもしなかった。

「行っちゃった」

福山が急に軽薄な口調で肩をすくめた。

「まあ、しょうがない」

成海はスーツの内ポケットに手を入れ、封筒を差し出した。

「福山さん、これが今日のギャラです。お疲れ様でした」

「これは、ありがとう。また、なんかあったら呼んでください」

福山は、美菜代にも会釈をして、あっさり出て行った。

「やっぱり、だめでしたね」

美菜代は、テーブルの上の茶碗を片付けながら言った。

「ああ。でも、まあ、しょうがないだろう。ある程度は予想できたことだし」

「でも、遺産を放棄する、というのが、小百合さんの唯一の条件だったのに」

安藤小百合が浅野家に戻る条件が、自分と同じように「遺産をもらわない方が幸せになる」という言葉を聞いて、相続をあきらめてくれたら、ということだった。

「あの小百合婆さんに、また浅野清二の世話させるのもかわいそうだし、これでよかったんだよ。清二と小百合は人生の考え方がもともと違っていたんだよ」

「それにしても、所長と同じ考え方の相続の専門家をよく見つけましたね」

「ああ、あれは役者だよ」

「え」

「売れない役者だ。女のヒモみたいなことをずっとしていて、何度か結婚詐欺で訴えられそうになったのを助けてやったんだ」

「でも、役者を使うなんて。あきれた……」

「遺産問題でこじれたら相続を放棄した方が幸せになれるっていうのは、おれがいろんな事例で経験している持論だよ。本当の先生を呼んでいたら、金がいくらあっても足りないよ」

「ああ、どうりで」

「なんだ」

「名刺があやしいと思ったんです。ああいう文字のところが浮き出た名刺を使っているのは詐欺師か、自分を大きく見せようとしている奴だけです。秘書時代の経験で、それを嫌というほどわかってたのに気がつかなかったとは。不覚でした」

「経費は削減しないとな。お前もそう言ってただろう」

成海は自分の席に戻ってデスクの引き出しを開け、鏡とくしを取り出した。髪を整えながら、「今日はデートだから、早じまい。元局アナとの約束が取れたんだ。夕方から来客は入れないで、明日にしてくれよ」と言った。

美菜代は、一瞬でも成海の言葉に感心した自分を恥じ、彼が使った茶碗を叩き割ってやりたくなるのを、ぐっとこらえた。

第四話
盗まれた原稿

目にした光景を片っ端からシナリオにしてしまう習慣はいつからついたのだろう。

永沢《ながさわ》めぐみは古い雑居ビルの前に立って、考えていた。

例えば、今の自分をシナリオにするならば、

○雑居ビル・全景（朝）

　永沢めぐみ（28）が寒そうに古いビルを見上げている。

めぐみ「こんなぼろいビルにある事務所なんて、大丈夫なのかな」

……こんな感じか。

いや、セリフが説明的すぎるな。「大丈夫かなあ」だけでいい。

違う。もっと効果的な言葉があるはずだ。

「あたしの気持ち、みたい。このビル」

まだいまいちだが、ちょっと思いつかないから、とりあえずこれでいこう。若い女が傷ついて、ここにたどり着いてしまったという不安感が伝わればそれでいい。肌に透明

感のある、二十代の女優に言わせればなんとかなるはずだ。

雑居ビルの古びた重いドアを押す。エレベーターは使わず、暗い階段を上った。上りながら、もう一度最初の疑問に戻った。すべてをシナリオにしてしまう癖はいつからだったか。

銀座《ぎんざ》のシナリオスクールに入った、シナリオを勉強し始めた頃？　いや、初めて自作のシナリオを書いた高校生の頃だろうか。それとも、向田邦子《むこうだくにこ》の『阿修羅《あしゅら》のごとく』を読んだ中学生の頃か。

たぶん、さかのぼれば幼稚園児の頃だ。自分はずっとそうだった。シナリオと意識はしていなくても、漠然と物事をシーンにしてとらえていた。

小学生の時、歳の離れた従姉《いとこ》の本棚にあった『Wの悲劇　カドカワフィルムストーリー』という文庫本を読んだ。映画『Wの悲劇』のワンシーンごとに写真といっしょにセリフが振ってある本だ。あれを見て、シナリオというものがあることを知った。自分の頭の中で起こっていることがそれとまったく同じであることに気がついた。

しかしその目覚めは早くても、めぐみが脚本家になろうと思ったのは遅かった。いたずらで書いたシナリオを他の人に見せたこともなかったし、自分が映画やドラマの世界に足を踏み入れるなんて大それたことは夢にも思わなかった。

シナリオスクールに入ったのは、ＯＬになってからだ。毎日繰り返される、社会人としての生活に飽き飽きしていることに気がついた。スクリーンで新作映画を観ることだけが生きがいだった。ある日、優しい先輩ＯＬから「めぐみちゃん、そんなに映画が好きなら脚本家になればいいのに」と言われた。胸に矢が突き刺さったような気がした。慌てて「あたしなんかとてもとても」と否定したが、「だって、私が今まで出会った人の中で、こんなに映画やドラマのことを知ってる人いないもの」と彼女は柔和に笑った。

いい人だったな、と思い出す。四つ年上の彼女は、今はすでに結婚しており、昨年出産し、かわいい女の子のママになった。

先輩や友達の人生を見ていて、さらに将来に迷いを持つようになってきた。あたしはこれからどうやって生きていくのか。

結婚して、子供を作るのか。でも、今はその相手になるような人はいない。友達に誘われて合コンに出たりしても、ピンとくるような出会いはなかった。

そして、シナリオスクールに通うようになった。

これまでの人生を振り返り終わったところで、めぐみはお目当てのドアの前に着いた。

控えめにドアをノックして、おずおずと入ってきた若い女を見て、神戸美菜代は以前、自分がここに来た時もこんな感じだったのかもしれない、と思った。

「失礼ですが、どちら様でしょうか？　お約束はいただいておりますか？」

言葉は型通りだが、できる限りの笑顔と身振りでウエルカムを伝えた。

「あたし、永沢めぐみといいます。すみません。アポイントは取っていません。ごめんなさい」

「いいんです、いいんです。幸いなことに、午前中は特に予定はありませんから」

美菜代は成海慶介を振り返って、いいですよね？　と目で尋ねた。彼は肩をすくめただけだった。

ソファにめぐみを座らせて、お茶を用意した。成海もその前に座った。

「で、ご用件はなんでしょうか」

成海の大きな目に射すくめられ、めぐみは肩を震わせた。

「あの。あたし、聞いたんです。こちらの事務所が復讐を請け負ってくださるって……」

「どちらでその噂を」

「テレビ局のプロデューサーさんから」

「ほお。では、あなたもテレビの関係者なんですか」

美菜代は成海が遠慮なく、じろじろめぐみを観察しているのを、お茶を淹れながら感じた。目に見えるようだ。彼が彼女を値踏みしているのが。

「テレビ関係者にも、芸能人にも見えないけど」

「本当は、シナリオスクールの先生から教えてもらったんです。テレビ局では都市伝説みたいな噂になっている話だって。ある女優さんが、自分の役を取った若手女優への復讐をこちらに頼んでとても満足されたと。しかも、その後、いい仕事がどんどん舞い込むようになったらしいです」

「都市伝説。真実なのに伝説なんて困るなあ」

その言葉にめぐみは首をすくめたが、当の成海は嬉しそうに足を大きく組み直した。

「お聞きしたのは、お名前だけですけど、電話帳で調べたら本当に『成海事務所』ってあるからびっくりしました」

美菜代は二人の前に茶を置いて、自分も成海の隣に座った。

「まあ、噂が広まるのはしょうがないけど」

「嘘じゃないんですね？　では、本当に復讐屋さんなんですね？」

「そこまで褒められたら否定するのも嫌らしいかな」

十分嫌らしい顔だよ、と美菜代は心の中で突っ込みながらも、さっきキッチンのオーブントースターに入れて焼きなおしているパンが気になっていた。しかし、来客の前で食べるわけにいかない。部屋中に臭いが充満している。

「では、あたしの復讐もお願いしたいんです。本当にひどい目に遭ったんです」

「あなたの復讐をお引き受けするかはまだわかりません。ただ、ここまで嬉しい話……テレビ局にまで、私の噂が広がっているということを聞かせてくださった方だから、話だけはとりあえず聞きましょうか」

「ありがとうございます！」

成海に礼を言ったとたん、めぐみのお腹がぐーっと鳴った。

「すみません。成海さんに聞いてもらえることになって、なんだか、安心しちゃって……」

「もしかして、君、何も食べてないんじゃ……」

「実はそうなんです。シナリオを学ぶようになってから月謝やら、映画代、本代、いろいろかかって、もともとＯＬの一人暮らしで苦しい上に最近はご飯が喉を通らなくて」

「おい」

成海が美菜代を振り返った。

「あれを出せ」

「え？」

「今、トースターに入ってる、あれだよ。お前のゲスいパンだ」

「でも、あれは」

「あれは、じゃない。食べさせてやれ」

「そんな、申し訳ないですよ」

めぐみは手を振って断った。

「ほら、お前がそんな顔をしているから、お客様が遠慮するだろう」

「ごめんなさい」

美菜代は、自分のパンを皿に載せてめぐみの前に置いた。

「特製、ソーセージパンです。コンビニのソーセージパンにマヨネーズをたっぷり絞り出して、オーブントースターで焼きなおしました。昔、お祖母ちゃんも言ってました。つらい時はとりあえず、温かいものを口に入れろと」

「ゲッスいなあ。いつにも増してゲスい」

「でも、おいしいんですよ」

「すみません。いただきます」

めぐみは恐縮しながらも、それにかぶりついた。

パンを食べ終わった後、めぐみの話は続いた。

「話は二年前にさかのぼります。あたしは銀座にある小さなシナリオスクールの門をたたきました」

「なるほど」

「シナリオスクールに入って、一番びっくりしたのはそこに集う生徒の数です。あたしが学んだのは『シナリオの書き方』という講座で、数カ月でその書き方を教えてもらうところでした。シナリオ学校は、原宿《はらじゅく》や六本木《ろっぽんぎ》に有名な場所がありますが、そんなところにいく勇気はまったくなくて、できるだけ小さな学校を選びました。それなのに、そこには五十人以上の生徒がいたんです」

「へえ。シナリオライターになりたい人はいっぱいいるんですね」

「でも、通い始めてもっと驚いたのは、本気でライターになりたい人はほんの一握りなんだってことです」

「月謝を払って習っているのに？」

「さまざまなお稽古ごとの一つとして通っているOLや、親や周りの人にシナリオライターを目指しているということを見せたいだけのニート、カルチャーセンター代わりの暇な主婦。小さな学校ではそんな人も多いのです」

「やる気がないと、どうしてわかるんですか」

「シナリオを書きませんから、そういう人は。毎週課題があるのですが、ほとんど提出さえしません」

「確かにそれでは一目瞭然ですね」

「ですから、逆に本気でシナリオライターを目指している人たちは自然に仲良くなります。その中で、一人の女性と知り合ったのです」

めぐみが特に仲良くなった女性は、大日向彩《おおひなたあや》といった。同年齢、OL、恋人なし、地方出身という状況が強く二人を結びつけた。

「同じような境遇というのは、仲良しになる第一歩ですからね」

「はい。でも、違うところもありました」

「違うところ?」

「あたしは一度だけでも自分のシナリオが映像化されたらどんなに嬉しいだろうと思って教室に入りました。でも、彼女は違った。有名シナリオライターになるためには手段を選ばない、そんな野心がある人でした。それがわかったのはずいぶん後になってからですけど」

めぐみは何かを思い出したのか、ふっと視線を高いところにやった。

○(めぐみの回想)シナリオスクール・内(夜)
　授業が終わり、三々五々、帰っていく生徒たち。
　大日向彩(26)が、めぐみに近づく。
彩「あの、永沢めぐみさんですよね?」
めぐみ「はい……?」

彩「あたし、大日向彩です。先週の永沢さんの提出シナリオ、すばらしかったです。行き遅れOLと上司のバトル」
めぐみ「ありがとうございます。あたしも、大日向さんのシナリオ、すごく好きです。この間の、行き遅れOLが田舎に帰って母親と話すやつ、おもしろかった」
彩「(笑う) お互い、わかるもんね、OLの気持ちは。よかったら、駅まで一緒に帰りませんか」
めぐみ「ぜひ」
　二人、肩を並べて教室を出る。

「それで、どうしたんです」

　黙ってしまっためぐみに、成海が先をうながした。

「あ、すいません。あたしたちはすぐに仲良くなりました。一緒に映画に行ったり、お互いのシナリオを見せて批評し合ったり」

「なるほど」

「目指しているものは違っても目標は同じです。シナリオコンクールで賞を取ること。首都圏のテレビ局から、映画会社、地方のラジオ局まで、世の中にはかなりの数のシナリオコンクールがあります。でもやはり大きなものは、NHK、民放テレビ局が主催するコンクールです。ここで賞を取ると、賞金が高額なばかりではなく、ほとんどの場合、テレビドラマ化されます。また、局のプロデューサーと知り合うこともできます」

「つまりシナリオライターの登竜門、プロの脚本家になる早道、というわけですね」

「ええ。応募人数も多いのです。二千以上のシナリオが集まる賞もあります」

「二千人、それは大変だ」

「シナリオスクールで一通り書き方を学んだあと、あたしと大日向さんはさらに上の教室に進みました。そこでは、実践的な物語の作り方を学んだり、お互いのシナリオを読み合って批評したりします」

「書き方から、物語作りへと進むわけですね」

「はい。その頃です。あたしが書いたコンクール用のシナリオを彼女に見せたのは」

めぐみは唇をかみしめた。

「OLが望まない妊娠をしてしまったことで、会社の中に託児所を作る、という内容のシナリオでした。『今日も疲れたあなたに捧ぐ』という題名です。当時あたしが書いたものの中で一番よくできていたと思います。会社で感じていた矛盾とかも盛り込めましたし」

「つまり自信作だったと」

「今でも悔やんでいます。なんで、彼女に見せたのか。せめて、先に教室で発表していたら」

「何があったんですか」

「まず、彼女はあたしのシナリオをけちょんけちょんにけなしました。登場人物のキャラクターが薄いとか、お話がご都合主義だとか言って。すっかり自信をなくしてしまい、しばらく立ち直れなかったほどです。結局、教室で発表もせず、そのまま机の引き出しの奥に突っこんだままでした」

「もったいないですね」

「でも、その時は、本当にだめだと思ったんです。それほど彼女の批評はすさまじいものでした。それまで書いたものを見てもらった時には、そんなにひどいことを言われたことがなかったので、驚いたのも覚えています」

「それで、どうしたのですか」

「十一カ月ほど経って、さらに驚くことが起きました。なんと、大日向彩さんが、KSテレビ主催のKSフレッシュシナリオ大賞の大賞を受賞したんです」

「フレッシュシナリオ大賞？　ダサい名前だな」

めぐみは初めてちょっと笑顔になった。

「確かに名前はちょっとアレですが、業界ではフレシナとも呼ばれている、一番メジャーな賞です。賞金は百万円。KSテレビは最近こそちょっと視聴率が落ちていても、もともとテレビドラマ制作では最も力があるテレビ局です。フレシナの受賞者は大切に局で育てられます。そういう意味でも人気のある賞なのです。たくさんの人気シナリオライターを輩出しています」

「なるほど、業界ナンバーワンのコンクールで受賞したわけだ」

「そうです。しばらくの間、彼女はシナリオスクールをお休みしていました。仕事が忙しいと言って。あたしはすぐにその受賞作が掲載されているシナリオの専門誌を買って読みました。本当に嬉しかったんです。ずっと一緒に頑張ってきた仲間が結果を出したのですから。でも、シナリオを読んで愕然《がくぜん》としました」

「どうしたんですか」

「それは、あたしが彼女に見せたシナリオを、主人公の性別を変えただけで丸パクリしたものだったんです」

「性別を変えて？」

「あたしのはOLが妊娠した、という設定でしたが、彼女の作品は恋人が妊娠したのを機に自分の会社に託児所を作ってイクメンとなりながら働く男の子の話でした。題名も『前略　イクメンさま』に変えて」

「その題名もどっかで聞いたような……しかし、同じようなアイデアが重なったということはないでしょうか」

「変えたのはそこだけで、話の進み方、細かなシーンなどはそっくりそのままなのです。偶然、あんなに似るなんてこと、ありえない」

「ふーむ。一つ確認しておきます。私もそう著作権に詳しいわけではないが、アイデアの盗用というのは確かその範疇《はんちゅう》には入らなかったはずでは？　裁判になっても勝てるかどうか」

「わかっています。だからこそここにいるんです。裁判で決着がつくような問題ではないから悔しいんです。あたしはすぐに彼女にメールを書きました。返事には『偶然だよ』と簡単に書いてありました。頭にきて、さらに文句を言うと、今、成海さんが言われたようなことを書いてきました。証拠はあるのか、証明できるか、とも。証明はできません。あのシナリオは彼女以外には見せてないのですから」

「シナリオスクールには言ったんですか」

「相談しました。でも、教室としても証明できないことでことを荒立てたくないみたいなんです。小さな教室にとって彼女は栄えあるフレシナの受賞者第一号で、これから教室の広告塔になっていく人ですから。むしろ、迷惑なクレーマーを見るような目であたしを見ていました」

めぐみは涙ぐんで、しばらく黙った。美菜代はティッシュ箱を彼女に渡した。

「ありがとうございます。でも、大丈夫です」

自分のハンカチで目元をぬぐった後、はっと成海と美菜代の顔を見た。

「もしかして、お二人にも信じてもらえてませんか？　あたしの言ったこと、嘘だと思っていますか？」

ここでも信じてもらえなかったら、あたしはどうしたらいいのか……そう言いながら、めぐみはわあっと泣き出した。

「心配しないで」

美菜代は彼女を励ますために、せめてもの優しい声を出した。

「あなたを信じます。依頼人の話を信じられなくて、どうしてこの仕事ができるでしょうか」

成海は腕を組んだまま、黙っていた。

「ね？　所長。所長も信じていますよね」

「もちろん、あなたが依頼人になれば信じますよ。今のところはただの依頼人候補者ですけど」

「所長！」

美菜代はするどくたしなめたが、成海は肩をすくめただけだった。

めぐみはそれでも、美菜代の言葉に慰められたのか、顔を上げた。

「大日向さんは新人シナリオライターとして活動を始めています。受賞シナリオはもちろん映像化されるし、次のクールの連続ドラマのサブライターとして企画会議にも出て、すでに何話か書いているらしいんです。くすぶっているあたしとは、雲泥の差です」

また新たな涙がめぐみの目ににじんだ。

「では、いくつか質問させてください。泣いていても何も問題は解決しません」

「だから、所長！」

この人はお金がなさそうな依頼人には本当に冷たいな、と美菜代はあきれた。しかし、めぐみは健気に涙を拭いた。

「何でも聞いてください」

「なぜ、テレビ局に訴えないのですか。KSテレビだって盗作は見過ごせない問題でしように」

「あたしもそれは考えました。ところが、先日、大日向さんから電話が来たのです。いきなりスマートフォンにかかってきて、テレビ局に訴えても完全な盗作の証明ができない限り無駄だと。むしろ、人騒がせな新人として嫌われるだけだと」

「そんなこと、あるんですか」

「わかりません。ただ、新人脚本家というのは非常に弱い立場であることは間違いないです。ほとんどノーギャラで企画書を書いたり、企画協力させられたりするそうです。素直にプロデューサーの言うことを聞くライターが求められているのは確かでしょう」

「なるほど」

「しかも、大日向さんはあたしが訴え出た場合、逆に名誉毀損で訴える、とも言いました」

「ひどい言い方！」思わず、美菜代は叫んだ。「しかも発言が残らないように電話で伝えるなんて。その女、したたかですね」

めぐみがさびしそうに肩をすくめた。

「あと、これは私の推測ですが」

「なんですか」

「フレシナの最終選考をしたのは、三人の現役シナリオライターです。去年の朝ドラを書いた牧野《まきの》さと子先生、KSテレビの木曜九時の枠で大ヒットを飛ばした城《じょう》ノ内《うち》靖男《やすお》先生、『お前はもう許されない』の決めゼリフで社会現象にもなった……」

成海が大きく手を振ってさえぎった。

「わかりました、わかりました。つまり大御所の脚本家先生がかかわっている、ということですね」

「フレシナ大賞で盗作者を出す、問題が大きくなる、というのは、それらの先生方の顔にも泥を塗ることになるのです。KSテレビが積極的に調べてくれるかどうか」

「八方ふさがりなわけだ。お気の毒に」

「では、引き受けていただけますか？　あたし、悔しくて悔しくてたまらないんです。でも、どうやったら復讐できるのか、それもわからなくて」

「訴えの内容は理解しましたが、うちはセレブ専門の復讐屋です。相応の紹介者と依頼金が必要になります。紹介者についてはテレビ局での評判といういい話を聞かせてくれたから、それでよしとしましょう。けれど、金額については一円もまけられません。まず、手付金が百万、必要経費、そして、成功報酬に……」

めぐみの表情は成海の言葉が進むにつれ、みるみるしおれた。まるで昼過ぎの朝顔のように。

「とてもそんなお金はありません」

「私がやります」

美菜代は片手を上げて言った。

「え？」

めぐみと成海が同時に驚いた。

「この話、あまりにもお気の毒です。このまま、その大日向という女が意気揚々と人気シナリオライターの道を進むのも癪《しゃく》に障ります。私が復讐させていただきます」

「お前にできるのか」

「わかりません。でも、全力を尽くします。所長のお仕事を近くで見ていましたから、少しは復讐について学びましたし。見習いのようなものですから、お代は必要経費だけで結構です」

「認めない！　ただなんて絶対にだめだ」

成海が怒鳴った。

「いいえ、やります」

「本当ですか？」

めぐみが希望に満ちた顔で、美菜代を見上げた。

「はい。どこまでできるかわかりませんが、頑張ってやらせていただきます」

そして、美菜代はそっと彼女にささやいた。

「ああ言っていますが、私がいろいろ動いていたら、たぶん、所長も手伝ったりアドバイスしたりしてくれるはずです」

「しない。アドバイスなんて絶対しないからな！」

「ケチ！」

美菜代はそんな彼に向かって、舌を出した。そして、めぐみに向かって高らかに宣言した。

「あなたの復讐はもう成し遂げられたも同然です」

めぐみが帰った後、成海は美菜代を呼んで、「おい、ちょっと外に出るぞ」と言った。

「どこに行くんですか」

「いいから来い」

そう言って、美菜代を連れて行ったのは近所の小さな定食屋だった。

「え。どうして？」

店の前で驚いている美菜代に、「ここで会議だ。ついて来い」とさっさと入って行った。

「朝定食二つ」

絶句している美菜代を前に、成海はさっさと店の老女に注文した。

「私はいりません」

「さっき、パンをあの子にあげちゃっただろう。そのお返しだ」

美菜代は困惑した。

「私、朝食……こういうのは食べられないんです」

「知ってるよ。だから、毎朝、ゲスなパンをがっついているんだろう」

「本当に一口も食べられないんです」

「わかった。じゃあ、おばさん、さっきの朝定食、一つは具なしで握り飯二つだけにして」

女店主がすぐに運んできたのは、白いご飯と味噌汁、ホウレンソウの白和え、鮭の切り身の和定食と、皿に載ったおにぎり二個だった。

美菜代は真っ黒なのりを巻いたおにぎりを見つめた。

「一口だけかじってみろ。食べられない、なんていうのは思い込みだ」

「でも、吐いちゃうかもしれないです」

「吐くなら吐け。おれが掃除してやるから」

それでも迷っている美菜代に、成海は言った。

「これが食べられなかったら、さっきの話はなしにする。朝飯も食えない人間に、人の復讐ができるわけがない」

成海はがつがつ食べ始めた。味噌汁を飲み飯をかき込み、鮭を箸でちぎって飯の上に載せてのりで巻いて頬張った。旺盛な食欲と生命力を感じさせた。

それを見て、美菜代はそっとおにぎりに口を付けた。のりの香りが口いっぱいに広がる。

「うまいだろ」

黙ってうなずいた。

「よく噛めよ」

二つのおにぎりを黙って食べた。不思議だった。これまで、朝、ゲスなパン以外のものを口にすると吐き気がしたのに、成海の前ではなんとか食べられる。美菜代は感謝の気持ちいっぱいで彼を見上げた。自分でも目がうるんでいるのがわかった。

「お前って、昔、飼ってた犬みたいでほっとけないんだよな」

「は？　犬？」

感謝して損した気分だった。

美菜代が二個のおにぎりを食べ終わると、成海は何事もなかったかのように話し始めた。

「お前、どうするつもりだよ。あの子の復讐。当てはあるのか。あんなこと言って、希望持たせて、金使わせて、何もできませんでした、じゃすまないんだぞ」

「所長も気になっているんですね。彼女のこと」

「おれが気にしているのは事務所のこと。評判にもかかわるだろうが」

「でも、許せます？　盗作したのになんのお咎《とが》めもないなんて」

「自分の気持ちと仕事は関係ない。できるのか、できないのか、と聞いているんだ」

「そんなに気になるんだったら、私を手伝ってください。どうしたらいいのか教えてください」

「甘えるな。いい気になるなよ」

「私はやります」

「あんな依頼人、忘れろ。ほっといても人の作品をパクるような人間は不幸になる。まさに『復讐するは我にあり』だ」

「ほらね。所長もあの盗作女は許せないと思っているんでしょ？　そうじゃなかったらそんなこと言うわけないもの。本当は自分で復讐したいと思っているくせに。めぐみさんのこともかわいそうだと思っている。だから、私にできるのかどうか気にしているんだわ」

「違う」

「とにかく、私は一度引き受けました。最後までやりぬきます」

成海は酒をあおるように、茶を飲み干した。

「じゃあ、少なくとも、めぐみが最初に書いた原稿と、大日向が受賞した原稿は取り寄せて読めよ。本当に盗作しているか自分の目で確かめないと」

「あ。なるほど。さすが所長。めぐみさんに原稿を送ってもらおう」

スマートフォンを取り出した。

「ほら、やっぱり気になってる」

「なってない」

美菜代は笑って、メールを打った。

美菜代は成海の忠告に従って、めぐみが送ってきた原稿とシナリオ雑誌に載った大日向の受賞作を読んだ。シナリオには慣れていないから少し手間取ったものの、両方とも四百字詰め原稿用紙にして六十枚ほどの作品で、一晩で読めてしまった。めぐみによるとそれはドラマにして四十五分、CMを入れて一時間ものになる分量らしい。

そして、読み終わった美菜代の感想は、大日向は黒と言わざるを得ない、というものだった。確かに、導入部だけは男女を取り換えたことによる違いがあるが、そこを過ぎるとほぼ同じシーンが続いている。言葉を女言葉から男言葉に変えただけのものも多かった。美菜代は丁寧に類似点に付箋を貼っていった。終わると二つの原稿は付箋だらけになった。

それを成海のデスクの上に置いておくと、次の日に、美菜代が見逃した箇所に赤線を引いたものを返してきた。彼もまた、盗作の事実だけは認めたようだった。

めぐみから提出してもらったパソコンのデータには、はっきりと一年以上前の日付が残っていた。これは操作することも不可能ではないから、確証とはなりえないかもしれないが、一応の証拠にはなる。

美菜代は同時に、大日向彩のSNSを監視した。

確かに、めぐみの言う通り、彼女は新人シナリオライターとしての第一歩を歩み始めていた。

「Yプロデューサーからプロットを褒められ、三日以内にシナリオ化できないか、とのご連絡。うむむ。しばらく不眠不休になりそう。アラサーには厳しいスケジュールだけど、ここがんばりどころかー？　でも、眠いニャー(-_-;)」

「受賞シナリオを読んだ某ドラマ制作会社からありがたいお仕事のお話をいただく。」

「Kディレクターから、大日向のシナリオの瑞々しさはすばらしいが構成が甘い、との厳しくも優しいお言葉をかけられる。でも、構成は学べば誰にでも身に付くもの、瑞々しさは教えられないオリジナリティ、とも。がんばるぞ！」

「キャー！　尊敬する大先輩、脚本家の浅倉俊則《あさくらとしのり》さんが私の受賞作を読んで、久しぶりに見どころのある新人、と言ってくださったとのこと。嬉しい(^^)/」

　そういう、人の言葉を引用した自画自賛が延々と続く。これは、盗作された本人としては読むだけでつらいだろう、と思った。また、シナリオを読んだ、というファンからの応援もぽつぽつと届いていた。

「@ayaohinata　大日向様。シナリオライター志望のマツオといいます。フレシナ受賞シナリオ、雑誌で読みました。すごく感動して、特に主人公の『自分ができることからやっていかなきゃ、世界は変わらねえ！』のセリフで涙が出ました。」

「@matuo2013　マツオさま。ありがとうございます！　あのセリフは特に考えて考えて書いたものなので、とっても嬉しいです！」

「@ayaohinata　同じスクールの後輩の桃子です。シナリオ読んで、大日向さんの大ファンになりました。大日向さんはどうしてあんな物語が書けるんですか？　どこからシナリオの着想を得るんですか？　教えてください。」

「@momokofcさん、ファンだなんて嬉しいです。着想は、いつも自然に出てきます。」

「@ayaohinata　すごい！　天才ですね。」

「@momokofc　天才じゃないですよ。でも、小さい頃からそうでした。まあ、性質？　もしくは才能というものかもしれません。」

美菜代は読んでいるうちに恐ろしくさえなってきた。

大日向彩はほとんどなんのためらいも見せず、（もちろん、ＳＮＳ上のことだから実際は違うかもしれないが）嬉々として現状を語り、創作の苦労話まで書いていた。

盗作していて、ここまで無邪気に行動できるだろうか。

彼女の厚顔無恥は、美菜代に小さな疑惑まで持たせた。

本当は、めぐみの方が嘘をついているのではないか。大日向のシナリオを、後からめぐみが自分が書いたと言い出したのではないか。

いや、美菜代は心の中で、首を振って否定する。私はめぐみが嘘をついているとは考えることはできない。依頼を受けた時点で、その選択肢はないのだ。

それに嘘をついていたとして、めぐみ側になにか利点があるだろうか。彼女は誰にも信じてもらえず孤独に耐え、シナリオスクールからはクレーマーのように扱われている。それなら、この大日向の自信はどこから来るのだろうか。

もしかして、本当に自分で書いたと思い込んでしまっているのではないだろうか。もしくは、最初は多少の罪悪感があっても、次第に感じなくなってしまっているとか。

そんなことを考えさせるほど、大日向はどうどうとしていた。

一週間後の夕方、美菜代は永沢めぐみを事務所近くの喫茶店に呼び出した。

「この一週間で大日向さんのことをできる限り調べさせてもらいました」

めぐみの前に、付箋を貼った二つのシナリオと簡単な報告書を置いた。

「付箋は二つの作品の類似点に貼りました。百五十箇所以上あります。ほとんど丸写しのところも」

「そうですね……」

めぐみは以前に会った時から、さらにやつれたようだった。顔色が悪く、頬がこけ、髪も雑にまとめただけだった。

「大丈夫？　めぐみさん」

「なんだか……もう、いろいろなことが無駄な気がして。どうしたら盗作を証明できるのか。まったくわからなくて」

めぐみは目のあたりをごしごしと握りこぶしでこすった。目が充血し、頬が赤くなった。

「あたしはこんなに苦しんでいるのに、あの人は毎日自慢げに投稿している。最近は読む気も起きません」

「わかってる。私はあなたの味方よ」

美菜代はテーブルの上のめぐみの手を軽く叩いた。

「だから、話し合っているのよ。これからどうすればいいのか」

「ありがとうございます」

めぐみはやっと微笑んだ。

「それでね、もう一度確かめたいの。あなたはどうしたい？　これから。大日向さんをどうしてやりたい？」

「彼女に思い知らせてやりたい。自分がしたことを認めさせて、あたしと同じように苦しんでほしい。だけど、それ以上は……どうしたらいいのか、よくわからない」

「それじゃあ、私が今からこれからの行動について、例をいくつか挙げるから考えてみて」

「例、ですか……」

「大日向さんの複数のＳＮＳを、まず徹底的に洗ってみました。かなり過去まで」

「ええ」

「今現在、彼女は何社かのシナリオライターの事務所から誘いを受けていることがわかりました」

「事務所？」

「芸能事務所のようなものね。脚本家や作家を所属させて、営業や宣伝、著作権などの実務面の面倒をみる代わりにマージンを取る」

「ああ。聞いたことあります」

「私は初めて知ったから、ちょっとびっくりしちゃった。シナリオライターにも芸能人と同じようなものがあるなんて」

「シナリオライターは立場が弱いからギャラの未払いや、著作権面でもめることが多いんです。それで、事務所が必要になるんですね。でも、彼女がそういうところに入ってしまったらよけい守られるんじゃないでしょうか」

めぐみが深刻な顔でハンカチを握りしめた。

「だから、入る前に訴えるの。あなたが事務所に勧誘している大日向さんはこんなことをしていましたよ、って」

「なるほど」

「ただ、そういう事務所がその後どういう手段に出るかはまったくわからないわ」

「そうですね」

「もう一つは、それにちょっと似た方法。彼女が今、勤めている会社に訴える、っていうこと。まああんまり効果はなさそうだけど」

「シナリオとは関係ない彼女の社会的立場を傷つけるつもりはありません。どのみち、そのうち会社はやめるんじゃないでしょうか。シナリオ一本でやっていきたいと常々言っていましたから」

「じゃあ、これは却下、と。次にメディアに訴える方法。雑誌や新聞などのマスコミにこの問題を流すの」

「いいと思いますが、こんなこと記事にしてくれるでしょうか」

「十年ほど前にやはりテレビ局主催のシナリオコンクールで盗作騒ぎがあった時はネット上で大騒ぎになって、その後雑誌に取り上げられたことがあるらしいの。大手の雑誌ではなくて、いわゆる実話系の雑誌だったけど」

「では、記事になることもあるんですね」

めぐみは身を乗り出した。

「ただ、この時はすでに発表された海外の映画にそっくりだった、という確たる証拠があった。それに、この方法では、あなたもなんらかの形でメディアにでることになるだろうし、もちろん、告発したとしても記事になるかもわからない。私はあまりお勧めしないわ」

「美菜代さんがそう言われるんじゃ、しょうがないですね」

「あとは、ネット上で盗作の噂を流すこと。どの程度の内容まで踏み込むかによるけど、あなたが傷つくリスクは比較的少ないわ……その代わり、効果のほども未知数よ」

めぐみは深くため息をついた。

「やっぱり、あたしが大日向さんにできる復讐なんてないんですね」

「……そうとも言えない」

「え」

「効果的で、根本的な問題の解決法が一つだけある」

「どういうことですか」

「とてもシンプルで、基本に戻った方法よ」

「教えてください」

美菜代はめぐみの目をぐっと見据えた。

「最初の方法に戻るの。この件をＫＳテレビに訴えるのよ」

「でも、それは」

「もちろん、たくさんリスクはあると思う。勇気も必要よ。だけど、結局、その方法が一番じゃないかしら。訴える先は、まずはシナリオコンクールの事務局。もう一つは、受賞作を映像化するプロデューサー。大日向さんの担当プロデューサーの名前はほぼわかっている。YというイニシャルのプロデューサーはKSのドラマ制作部の中には二人しかいない。一人はすでに退職まぢかで、名作ドラマをたくさん手がけている有名なプロデューサーだから、たぶんコンクール作品をドラマ化するようなことはしないと思う。彼女のSNSの書き込みを見ても、たぶん、若手の方でしょう。その人にあなたのシナリオを送ればいい。注釈と手紙、連絡先もつけて。彼から連絡が来るかもしれないし」

「こなかったら?」

「ここで大切なのは、彼らに疑念を植え付けることよ。あの大日向彩はもしかしたら盗作するような人間なのかもしれない、って」

「そんなことで、うまくいくでしょうか」

「私もいろいろ考えたけど、それが一番いいと思う。考えておいて」

「ああ」

めぐみは両手で顔を覆った。

「ねえ、めぐみさん」

黙ってしまっためぐみに、美菜代はできるだけ明るい声をかけた。

「なんですか」

「気分を変えて、映画に行かない？」

美菜代は、ロードショー映画のチケットをバッグから出した。

「あ、それ、観たかったんです」

日本人で、何度も海外の映画賞を取っている監督の話題の新作だった。

「でも、あたし、お金ないし……」

「もらいもののチケットだから。仕事の関係者がくれたの。所長も映画に興味ない人だから」

嘘だ。美菜代が前日、チケット屋で買ってきたものだった。

「いいんですか」

「一緒に行ってくれたら嬉しい。それに、めぐみさんには気分転換も必要だと思って」

めぐみはじっと美菜代を見てから、「ありがとうございます」と頭を下げた。

めぐみと観た映画は、とてもおもしろかった。

公開からすでに時間が経っているのに、席はほぼ埋まっており、人気のほどがうかがえた。

作品は高校生の何気ない日常を描いたもので、美菜代もちょっとしたセリフに笑ったり、最後は涙ぐんだりした。上映後は数人の観客から拍手が起こった。映画上映で拍手が起こることはめずらしいから、よっぽど感動したのだろう。

「よかったね」

映画館を出たところで、美菜代はめぐみに話しかけた。彼女は頬を赤く染めていた。

「すばらしかったです」

そして、映画館から駅に歩く道中、熱に浮かされたように作品内のセリフをいくつかそらんじた。たった一度観ただけで覚えてしまったのか、と美菜代は驚いた。そして、セリフ一つ一つに意味があり、伏線が張られていて、ラストのシーンに繋がっていることに、めぐみの説明で初めて気がついた。

「すごい！　そんな意味があったのね。ぜんぜん気がつかなかった。ただ、おもしろいなあ、って思って観てただけ」

「いいんですよ、それでいいと思います。ただ、あたしには、ああこういうふうにつながっているんだっていうのが見えただけで」

「めぐみさん、やっぱり才能ある。絶対、脚本家になるべきよ」

めぐみは、その日、初めて心からの笑顔を見せた。

「……女流作家とか女優とか、そんな幸福な身分になれるものなら、私は周囲のものに憎まれても、貧乏しても、幻滅しても、立派に耐えてみせますわ。屋根裏住まいをして、黒パンばかりをかじって、自分の不満だの、未熟だの、意識だのに悩んだってかまわない」

「え。何？　急にどうしたの」

「芝居のセリフです」

「めぐみさんが書いたの？　なんだか、野心満々って感じ」

「違います。『かもめ』のニーナです。この後はこう続くんです……その代わり、私は要求するのよ。名声を……本当の名声を。ああ、頭がくらくらする」

「さらに強烈。でも、かもめが女優になるの？」

めぐみが声をあげて笑った。

「美菜代さん、本当になんにも知らないんですね」

まだ「？」と疑問符を貼り付けたままの美菜代に言った。

「あたしはそこまで望みません。大作家になろうなんて思わない。名声もいらない。だけど、今日観た映画のような作品に、いつか、ほんの少しでも関われたら、どんなに嬉しいでしょうか。そのためなら、貧乏や精神の苦しみなんてどうでもいい」

「そう……」

「美菜代さん、ありがとう。おかげで、なんだか、大切なことがわかったような気がします」

「それはよかった」

「あ」

めぐみが突然立ち止まって、口元を手で押さえた。

「どうしたの？」

「今、お話ししてて、急に思い出しました」

二人は立ったまま、めぐみの「思い出したこと」について話し、その日はそのまま別れた。

駅でめぐみの後ろ姿を見送りながら、美菜代は、彼女のような、才能もあり、純粋な人こそ成功して幸せになるべきだと思った。一方で、それがかなわない世の中であることも、『成海事務所』に入ってからの短い期間で思い知っていた。

それから一週間経っても、めぐみからの連絡はなかった。美菜代はやきもきしたが、一番大切な決断は彼女自身にさせた方がいいと思って、何度かスマホに伸ばしかけた手を引っ込めた。

映画鑑賞の日から十日後、事務所にいた美菜代に、めぐみから電話がかかってきた。

「美菜代さん、大変なんです」

めぐみは苦しげにあえいでいた。

「どうしたの？」

「今、シナリオスクールから一斉送信でメールが来て、今度の週末に大日向さんの受賞記念の講演会があるみたいなんです。シナリオスクールの大教室で」

「え」

「あたし、あのことを訴えた後、シナリオスクールに行ってなかったから。ぜんぜん知らなかった。見落としていました」

「では、その時には……」

「大日向さんがシナリオスクールに来るんです。あのことがあってから初めて彼女と顔を合わせることになります」

「落ち着いて、めぐみさん、落ち着いて」

めぐみが思い余って過激な行動に出ることを心配して、美菜代は言った。

「わかってます。でも」

「どうしたらいいか、よく話し合いましょう」

「ありがとうございます。美菜代さんにそう言っていただくだけで、ちょっと楽になります」

電話の声は少し落ちつきを取り戻したようだ。

「それにしても大胆ね。あなただって来るかもしれないのに」

「きっとあたしのことなんか、眼中にないんでしょう」

めぐみが自嘲気味に鼻を鳴らした。

「それ、シナリオスクールの生徒だけが参加できるの？」

「いいえ。一般の方も募集しています。参加費は千五百円です。講演後に、質疑応答があるんですって」

ふと視線を感じて目をやると、ソファに寝転がって資料を読んでいたはずの成海がこちらをじっと見ていた。美菜代と目が合うと、すっとそらした。

「質疑応答」

「ええ」

「そのメール、転送して。じっくり考えたいから。あなたが『思い出したこと』も有効に使えるかもしれない」

美菜代は通話を切って、それをぎゅっと握りしめた。

その週の日曜日、美菜代は伊達《だて》メガネをかけ普段よりカジュアルなジャケットを着て、シナリオスクールの大教室にやってきた。シナリオスクールは銀座と新橋《しんばし》の間ぐらいに位置し、住所は銀座ながら雑居ビルが立ち並ぶ一画だ。

美菜代はめぐみと何度も話し合い、結局、彼女は出席しないことに決めた。

「大丈夫、あたしは冷静ですよ」と、彼女は何度も言ったけど、言われれば言われるほど、心配になった。

「ここで大日向さんを刺激するのは得策じゃないわ。逆に、あなたが行かないことで油断させて本音を引き出す方がいいかもしれない」

「そうでしょうか……」

「ちゃんと講演は録音してくるし……なんなら、盗聴器を付けて参加して、あなたと交信しながら聞くこともできるし」

「そんなことできるんですか」

「事務所に専用の機器があるから」

「いいかもしれません。それなら心強いです」

そんなわけで、美菜代は耳に小さなイヤホンを付け、バッグに盗聴器を忍ばせて、早めに会場に着いた。これで、めぐみも話を聞ける。

大教室は人影もまばらだった。美菜代は誰も座っていない、前から二列目の左端の席に座った。

百人ほどの定員で、埋まったのは半分の五十ぐらいだろうか。けれど、まだコンクールを受賞したばかりの新人の講演会なのだから立派なものだ。

大日向はスクールの校長と一緒に入ってきた。簡単な紹介をされて、講演に入る。

美菜代は初めて大日向を目の前にして、緊張で心が震えた。

彼女は背が百六十センチちょっと、太っているわけではないが、骨太のガッチリした体型である。化粧が濃く、ファンデーションが白く浮きでている。髪が胸元ぐらいまで長いのに、まっすぐに伸ばしているだけだから、逆にイケてない印象を強くしていた。

しかし、そんな大日向も、話し始めると、だんだんに目に力がこもり自信に満ちてきた。彼女は自分がどうしてシナリオの勉強を始めたのか、シナリオスクールではどのような生徒だったのか、というような話をした。

「作品については何も言わないつもりでしょうか」

めぐみの声がイヤホンから聞こえてきた。成海は備品には金をかけるらしい。びっくりするほど感度が良く、まるで隣から話しかけられているかのようだ。

そうね、という返事の代わりに、マイクを小さく一つ叩いた。イエスは一つ、ノーは二つ、という約束だった。

しかし、大日向は終始どうどうとしており、話もよどみがなかった。あまりにシナリオ執筆に熱中しすぎて徹夜し、会社のトイレで居眠りをしてしまった、という話では笑い声さえ起きた。

最後に、シナリオライターになるためには、とにかくたくさん映画やドラマを観ること、というアドバイスがあって、講演部分は終わった。

続いて、質問コーナーに移った。

「一番好きなドラマはなんですか？」「書くときに気をつけていることはなんですか？」というようなありふれた質問のあと、美菜代は手を挙げた。

「はい。そこの方。二列目に座っている方」

大日向が美菜代を見た。美菜代もまた、彼女をまっすぐに見つめた。

「大日向さんは盗作というものをどう思われますか？」

単刀直入に聞いてみた。

「え」

彼女の眉間に小さなシワが一瞬できたように見えた。

「盗作です。人の作品を盗んだり、既存の作品を真似したりすること。ようはパクリです」

教室の空気がわずかにざわついた。明らかにこれまでと違う質問だったからだ。

「盗作ですか……」

大日向は、ちょっと言いよどんだ。

「特に深く考えたことがないので、皆さんと同じような意見しか持っていませんが」

「同じような意見とは？」

「盗作は……まあ、いけないい、ことだと、思います」

歯切れが悪かった。

「これまで盗作をしたことはありますか」

教室内がさらにざわついた。

「いいえ」

言葉とは裏腹に、美菜代から視線をそらした。

「盗作をしようという誘惑にかられたことはありませんか？　一度でも」

「ありませーん！」

大日向は急にムキになり、せーんのところの声が微妙に裏返った。

「私はいつでもアイデアがたくさん湧いてくるので、そんなこと考えたこともありません」

「では、お聞きしますが」

「あの、質問者の方、すみませんが、それで最後にしてください。お一人で時間を取られてますので、他の方に回して差し上げてください」

横に控えていた、スクール側の女性が美菜代をやんわりと牽制した。

「すみません。では、あと一つだけ。『前略　イクメンさま』の中のセリフはどうです？」

「え？」

大日向は虚をつかれて、言葉を失った。

「既存作品のセリフをパクってませんか？」

それこそが、めぐみが「思い出したこと」だった。それは、図らずも、作品に埋め込んだ時限爆弾となった。

先々週の映画の後、彼女は言った。

「ずっと忘れていたんですけど、あたし自身、実はあの中で一箇所、パクったところがあるんです」

「え？」

「主人公の女子が、『私は願いを叶えるためならどんな苦労をしてもかまわない。その代わり、私は要求するのよ。保育所を。誰でも入れる本当の保育所を。ああ、頭がくらくらする』っていうセリフがあるんです」

「今言った、かもめの話ね！」

「ちょっと違いますが、とにかく、それはギャグ、というか、オマージュみたいなものだったんです。まだ下書きで、大日向さんにだけ見せるものだったから、笑ってもらおうと思って。シナリオライターを目指す人なら誰でも知っているような古典だし、映画の『Wの悲劇』とかにも引用されているし。応募原稿にする時、直せばいいと思って」

「ということは、彼女は気がつかなかったのか。審査委員たちもオマージュとして認めたのか、それとも誰も気がつかなかったのか」

「微妙なところかもしれません。そんな細かいところまで読んでないのかもしれない」

それをこの質問コーナーでぶつけることにした。大日向の反応で、盗作の事実を確認できるかもしれない。

「大日向さん、作品の最後のところです。主人公の男子が、保育所を、って言うところ」

大日向はひどく動揺し、しばらくうろたえて沈黙した後、美菜代をきっとにらんだ。

「パクってません！　私は一言だって盗作してません！」

スクール側の女性が二人の間に割って入った。

「質問はもう……」

美菜代は無視して続けた。

「誰かのセリフを参考にしていることもないですか？　例えばチェーホフとか」

「してません！　すべて私のオリジナルです」

「わかりました。ありがとうございます」

美菜代は一礼して、席に着いた。

大日向は盗作したのだ。美菜代は確信した。

本来ならたとえチェーホフのセリフを知っていたとしても、とぼけられることなのだ。現代の創作物に完璧なオリジナルなんてありえない。これまで自分が見たものや、読んだものに影響され、学び、真似し……そこから滲み出るものこそがオリジナリティなのだと。

あの女は焦りのあまり、ほとんど盗作を認めてしまった。自分の知識不足も。すべて録音した。証拠はそろった。美菜代はマイクをトン、と叩いた。答えはなかった。ただ、めぐみのむせび泣く声が聞こえた。

大日向がそそくさと大教室を後にしていくのが目に入った。背中が心なしか丸まっていた。


大日向彩の講演会の翌週、美菜代はめぐみのための証拠書類作りに余念がなかった。これまでの経緯を報告書としてまとめたり、編集した録音データを再度聞き直したりしていた。

「おい」

そんな美菜代の肩を、成海が叩いた。

「お茶なら、自分で淹れてもらえません？　忙しいんで。見ていただけるとわかると思いますが」

振り返りもせずに言った。彼はじっと黙ったままだった。

普段なら、「それが雇い主に対する態度か」と怒鳴られそうなのに、なんの返事もなかったことが逆に気持ち悪くて、結局、自分から振り返ってしまった。

「なんですか」

そこには、いつもより真面目な顔の成海がいた。

「今日の午後、ローヤルホテルのラウンジで人と会う」

「そーですか。どうぞ、行ってきてください。特にお約束もないので」

「お前も行く」

「え？　私が同行する必要あるんですか？　だから、忙しいんですけど？」

「お前も行くんだ。もう、決まっている」

「えー！」

成海はくるりときびすを返して、自分の席に戻った。

なんだか、いつもと様子が違う、と思いながら、美菜代はしぶしぶ「わかりました」とその後ろ姿に言った。


約束の三時ほぼきっかりに、美菜代と成海はラウンジに着いた。

そこにはすでに先客がいた。めぐみだった。

「めぐみさん？　どうしたの。仕事は？」

めぐみは美菜代を見ると、ぱっと顔を輝かせた。

「成海所長から連絡があって。大切な話だから会社を早退しろと」

美菜代は成海をにらんだ。

「そういうことなら先に言ってくださいよ。私の案件なんですから」

「そりゃ、悪かった」

言い返さないところが、妙に怖かった。

「どういうことなんですか。何かたくらんでいるんですか」

「まあ、座ろう」

静かな場所だ。確かに、大きな声をこれ以上出すのははばかられた。せめてもの抵抗に、めぐみの隣に座った。成海は美菜代の前の椅子を引く。

「今回、お前はよくやったと思うよ」

講演会の翌日に、ざっとした流れは報告していた。

「で、永沢さんはテレビ局に訴えることに決めたんですね?」

めぐみは、美菜代と成海の顔を交互に見て「はい」と小さく答えた。「証拠もそろいましたし」

「なんか、文句あるんですか?」

美菜代は突っかかった。

「ないよ。さっきも言ったように、よくやった。ただ、テレビ局に訴える前に、これから会う人の話を聞いておくのも悪くない」

「これから会う人……？」

ちょうどそこに三十代半ばぐらいの、きれいな女性が近づいてきた。ショートカットで目元が涼やかだ。ざっくりしたニットと細身のパンツがよく似合っていた。ニットの柄は派手だがしゃれていて、一目で成功した都会の女性だとわかる。

「栗原麗奈《くりはられな》先生！」

成海より先に、めぐみがそう叫んで、立ち上がった。

「あら、めずらしい。私の顔がわかるなんて」

彼女は軽く微笑んで、座るように手で促した。めぐみは電気ショックを受けたように、すとんと腰を落とした。

「先生の『イノセント・ストーリー』大好きでした。毎回、もう、大号泣で。シナリオ集も買いました」

「ありがとう」

美菜代の「誰？」という視線に気がついて、めぐみが説明した。

「ほら、有名シナリオライターの栗原麗奈先生です。去年、月9で、あの『泣いた、泣いた、そしてそのあと』が大ヒットした」

「それなら知っています。須藤恭平《すどうきょうへい》君が出てたやつですよね」

「あと、映画の『ミッドナイトに思い出して』とか。知らないんですか?」

めぐみはとがめるような目で美菜代を見た。

「いいのよ。脚本家の名前なんて、世間の人は知らないものよ」

栗原は鷹揚《おうよう》に笑った。

「逆にあなたが、私の顔を見ただけで気がついた方が驚きよ」

「だって、『月刊シナリオ』に写真入りで出てたじゃないですか! 向田邦子賞受賞の時に」

成海が小さく手を挙げた。

「ちなみに、おれの大学時代の先輩。研究室が一緒だったんだ。お忙しい脚本家先生のお時間をいただくのは大変だったんだから」

「学部はどちらなんですか?」

人の感情というものを平気でぶった切る成海と、この優雅で美しく、ドラマを書けば毎回泣かせるという女性が同じ教室で勉強していたのが信じられない。

「経済。畑違いでしょう。でも、成海君とは小学生の頃から知り合いよね。小中高、そして、大学も同じ私立の一貫校だったから」

「なるほど」

この人、実はお坊ちゃんなのか、と美菜代は驚いた。考えてみれば、成海の過去をほとんど知らない。

めぐみは目の前の栗原にぽっと頬を染めていた。

「あとで、サインもらってもいいですか?」

「もちろん」

「シナリオ集持ってくるんでした」

「住所を教えてくれれば、サイン本を送るわ」

「嬉しい!」

「ちなみにもう一回言うけど、呼んだの、おれね」

ばっかみたい、と美菜代は思うが、めぐみは素直に「ありがとうございます」と感謝した。成海を見る目に、尊敬の灯がともった気がするのは考えすぎか。

「実は、今回の件、栗原先輩に聞いてもらったんだよ」

「そうなんですか」

「まあ、門外漢のおれたちにはわからない世界だからな」

成海は、美菜代の目を見て言う。今回お前はよくやったけど、ここはわかってくれよ、というまなざしだった。

「驚いたわ。フレシナは業界で一番の賞だし、そんな不正があったなんて。両方のシナリオも読ませてもらって、講演会でのことも成海君に聞いた」

「どう思われますか?」

栗原に畏縮してしまっているめぐみより、美菜代の方が勢い込んで尋ねた。

「確実に盗作だと思う。確かにアイデアの盗用は著作権の侵害にはならないかもしれないけど、ここまで似ているのは盗作とみなされるんじゃないかしら。もちろん、裁判で認められるかどうかまでは、私にはわからないけど」

「先生もそう思われますか!」

よかったね、と隣のめぐみにささやいた。彼女はかすかに涙ぐみながら微笑んだ。

「さあ、盗作だと認められたところで、今後の対処を考えよう」

「だから、めぐみさんは」

美菜代が言い返すのを、成海は手でさえぎった。

「とにかく、栗原先輩の意見を聞こう」

そして、優しい顔をめぐみに向けた。

「永沢さんの決心はわかります。ただ、せっかくだから、ここは先輩の言うことを聞いてから決めても遅くないと思いますよ」

めぐみは素直に、「はい」とうなずいた。

その返事を聞いて、成海は栗原に視線を移した。

「で、先輩はどう思います? 先輩ならどうします?」

「そうね」

栗原は、目の前のコーヒーを優雅な手つきでかき混ぜた。

「いろいろな方法があると思うの。考え方も。私も別の席であなたに会ったら違うことを助言するかもしれない。ただ、ここは幼馴染の成海君の前だから、正直に話すね」

「はい」

「現在の栗原麗奈として、曲がりなりにも十年以上シナリオライターとしてやってきた立場で忌憚のない意見を言わせてもらう」

「わかりました」

「……私だったらテレビ局には訴えない。裁判も起こさない」

「え?」

美菜代が叫んだ。

「でも、栗原さんはさっき盗作だって認めてくれたじゃないですか」

「それは認める。でも、それとこれとは別」

「別ですか」

「あなたもわかっていると思うけど、テレビ局での新人脚本家の地位は低い。なりたい人はたくさんいるし、新しい才能も引っきりなしよ。ちょっとしたことですぐに足を引っ張られてしまう。そんな中で、自分からマイナスになる可能性があることをするのは冒険すぎる」

「ですが」

めぐみは黙っていたが、美菜代は口をはさまずにいられなかった。

「悔しいじゃないですか。大日向さんが、のうのうと受賞者づらしているのを見ているの」

「そうね。でも、訴えることによって、永沢さんがどう処遇されるか、私にもよくわからない。それなのに、一時の悔しさだけで、行動を起こすのは早計だわ」

美菜代はめぐみを見つめた。この言葉を彼女はどう思うだろう。めぐみは栗原の顔を凝視していた。

「それに、たぶん、その悔しさは長続きしないと思う」

「どういう意味ですか？」

「あなたは、人がどうして盗作するかわかる？」

栗原はめぐみと美菜代の顔を交互に見た。めぐみは首をかしげた。

「実はそれがよくわからないところでもあるんです。もちろん、有名になりたいとか、苦労せずにシナリオライターになりたいとかは少しわかるんですけど、自分の作品でないもので褒められて、何が嬉しいんでしょうか。それに一番楽しい、書く喜びを放棄して」

「私も同じよ。この仕事の何よりすばらしいのは、作品を産み出す瞬間よ。華やかな舞台にそれがあるわけではない。小さな自分の部屋の中で起きるの。そこで生まれた作品がさまざまなキャストやスタッフによって、映像作品として立ち上がる。何ものにも替えがたい喜びだわ」

めぐみは深くうなずいた。自分も早くその喜びを味わいたいと言うかのように。

「で、もう一度聞く。どうして、盗作すると思う？　その喜びを捨ててまで」

「どうしてでしょう？」

「その人に才能がないからよ」

「あ」とめぐみは叫んだ。

ひどく直截《ちょくせつ》な、まっとうな答えでありながら、美菜代には今ひとつぴんとこなかった。

「昔、私が若い頃も、盗作で賞を取った人がいた」

栗原は言葉を続けた。

「既存の短編小説をそのままシナリオに起こしたものだったの。すぐにネットで指摘されて、大騒ぎになったわ。そこまではっきりした盗作だったのに、作者は知らぬ存ぜぬを通して、偶然一致しただけだと言い張った。結局、お咎めなしで終わったの」

「ひどい」

「でもその人は数年で消えたわ。もう、影も形もないぐらい。すっぱりと。残念なことに、盗作事件はこれまでも何度か起きてきたことよ。だけど、そういう人たちは必ず、消える。私も若い頃はとても悔しかった。そういう人たちが許せなかった。けど、今はまったく気にならない。なぜなら、盗作する人は才能がないから。だから、そういう手段でしか作品が産み出せないの。それがわかってからは、哀れみしか感じない」

めぐみは返事をしなかった。ただ、うつむきかげんで何かを考えていた。

「考えてもみて。受賞作一作のオリジナルを書けない人が、どうしてそのあと、何百何千もの物語を産み出せる？　シナリオライターの人生は長い。ずるをして乗り切れるようなやわな世界ではない」

「では、あたしはどうしたらいいでしょう」

めぐみはやっと顔をあげて尋ねた。

「もっと作品を書きなさい。そして、さらにコンクールに出すの。あれだけの作品を書けた人が他のものを書けないわけがない。逆にあれ一つしか書けないなら、プロとしてやっていけない」

「厳しいですね」

めぐみは苦笑した。けれど、美菜代は彼女の表情が決して暗くないことに気がついた。

「ここで知り合ったのも何かの縁よ。作品ができたら教えて。知り合いのプロデューサーに預けてあげる。審査に手加減を加えてもらうことはできないけど、雑多な作品の中で埋もれてしまうのは避けられるでしょう」

「ありがとうございます」

めぐみは深々と頭を下げた。

「いいえ。応援している」栗原はにっこり笑った。「あなたの新作、楽しみだわ」

めぐみは美菜代にも礼を言った。

「美菜代さんのお陰です」

「めぐみさんがそれでいいならいいけど……」

そうと決まったら、すぐに次の作品を書き出します、実は今度の騒動でちょっと思いついたプロットがあるんです、めぐみはそう嬉しそうに言って、ラウンジをあとにした。

彼女の姿が消えると、成海はウエイトレスに手を挙げて、新しいお茶を注文した。

「さすが、栗原先輩だな。おれたちが右往左往していた問題を一時間で片付けた」

「あの」

美菜代はまだほんの少し、表情に不満を残したまま、成海にささやいた。

「この、栗原麗奈さんは本物ですよね？」

「おれが、偽者の先輩を連れてくるっていうのか」

「所長ならやりかねないから」

「もちろん、本物よ」

聞こえた栗原が微笑んだ。

「おもしろい方ね、この人」

「でも、ひとつ、質問させてください」

「なに？」

「本当にちゃんと大日向彩は制裁を受けるでしょうか。これまでの盗作者には成功した人はいないかもしれない。だけど、もしかしたら、彼女は要領よく立ち回って、ちゃんとシナリオライターになれるかもしれない」

「そうね。可能性はある。私にも断言できないわ」

栗原はすまして答えた。

「そんな。じゃあ、やっぱり大日向はパクリ得じゃないですか」

「ふふふふ」

栗原は鼻の頭にシワを作って笑った。そんな表情をしてもどこかチャーミングな人だった。

「お前、せっかく来てくれた栗原先輩に文句つけるのか」

「だって」

「じゃあ、お前はまだテレビ局に訴えた方がいいと思っているのか？　永沢めぐみの人生の責任を取れるのか。復讐を成し遂げても、シナリオライターにはなれず、後悔に満ちた人生の」

美菜代は返答できなかった。

「でも、いい話聞けたわ」

栗原が口をはさんだ。

「いい話？」

「……大日向に才能がないのは確実だけど、そちらのお嬢さんが言うように、要領がいいのは確かみたいね。この話、いろんな会議や打ち合わせで雑談に使わせてもらうわ」

「そんなことできるんですか！」

「シナリオライターにはプロデューサーを楽しませる会話も必要。皆、噂話は大好きだし。業界にこの件が広がるのも時間の問題ね」

栗原は肩をすくめた。

「さすが、栗原先輩。昔から、腹黒いなあ」

「あら。実力のない人が入ってきても迷惑だし、かわいそうなだけよ」

美菜代は、栗原の天使の微笑みに、美しい悪魔を見た。

○小さなアパートの一室（夜）

飾り気のない六畳間の和室。

永沢めぐみがコタツに入って、パソコンで書き物をしている。

実家から送られたと見られる、どてらを着込み、台所で鳴っているヤカンにも気づかない。

時折、彼女の顔に満足げな笑みが浮かぶ。

ホテルからの帰り道、これから久しぶりに飲みに行くという成海と栗原と別れ、美菜代は一人、新宿の雑踏を歩いていた。

「あれ、久しぶり。美菜代ちゃんじゃないの？」

気安い声で後ろから呼び止められて、振り返り、体が硬直した。

そこにいたのは、美菜代が前の会社をやめる原因になった男、彼女を利用して、ポイ捨てし、他の女子社員と結婚した、陣内俊彦、その人が立っていた。

第五話

神戸美菜代の復讐

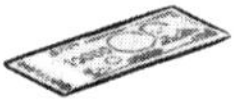

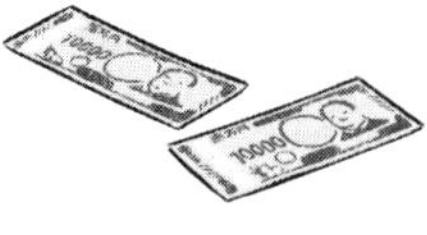

「久しぶり」

新宿の雑踏で後ろから呼びかけられ、振り返った先には彼がいた。何もなかったかのような笑顔だった。ぱりっとしたスーツを着て、前と変わらぬブランド物のビジネスバッグを持っていた。

その顔が直視できなくて、思わず、うつむく。見慣れたバッグは角のすり切れ方も変わっていなくて、それだけで息が詰まりそうになった。

あれからずっと考えていた。どこかで彼と偶然出会った時、自分がどんな表情でいられるかを。できたら平然とした顔で迎えたかった。あなたのことなんて、もうどうとも思ってないのよ、と。

けれど神戸美菜代は、自分の表情がまったく意に反したものになっていくことを知った。

驚愕、失望、混乱……そして、どこかに歓喜。

とてつもなく醜い顔をしているだろうとわかった。赤らんで、へらへらと薄笑いを浮かべて、でもどこか寂しそうな。

自身の存在を消したいぐらい恥ずかしい。

何よりも屈辱的なことは、一瞬であれ、心の中に「喜び」があったことだ。あんな別れ方をしたのに、あんなひどい目に遭わされたのに。ただ姿を見られただけで嬉しかった。

まだ、好きなのだ、と思った。

しかし、相手にはもう妻がいる。一生を捧げる相手、その存在を守るとたくさんの人の前で誓った相手、健康保険も年金も一緒で、墓も親戚も親も子も共有すると決め、法的に認められた相手が。

彼は自分でなく、彼女を選んだのだ。

それが結婚というものなのだ。

彼がしたことは、美菜代を最大限に傷つける行為だった。

でも、気がつくと一緒に肩を並べて歩いていた。

「心配したよ、急に退職しちゃうから」

本気で言っているのだろうか。他の女と婚約した挙句、美菜代が自分たちの間に分不相応にも割り込もうとした、と社内に言いふらしたのに。

「でも、元気そうでよかった」

その真意を知りたかった。けれど、相手は前を向いていて、表情が見えない。

もしかして、言いふらしたのは女の方だけで、彼は知らなかったのかもしれない。知っていてもどうすることもできなかったのかもしれない。

精一杯、心の中で彼を弁護していた。

駅のホームで別れた。

「電話番号、変わってないよね？」

美菜代とは反対方向の電車がホームに入ってきた時に彼が尋ねた。

意味を測りかねて、「ん？」と見上げたら、「また、電話する」と言って乗り込んでしまった。


「つまり、おばあさんがその男……牛尾《うしお》清《きよし》と知り合ったのは終戦の翌々年の名古屋、ということですね？」

成海慶介は高遠《たかとお》まさという老婆の耳元に大声で尋ねていた。

「ひいお祖母ちゃん、牛尾さんと知り合ったの、昭和二十二年頃ね？　名古屋ね？」

まさのひ孫だという藤沢《ふじさわ》千夏《ちなつ》が、車椅子のまさにもう一度言った。

うん、うん、というように彼女はうなずいた。

「牛尾という男は、あなたに結婚して欲しい、と言ったんですね？」

また、同じことを千夏が怒鳴って再びまさがうなずく。

「で、おばあちゃんは必死に働いて、彼にお金を渡していた。けれどその男には妻子がいた」

まさは千夏の腕を引っ張って、何やら言った。

「男は何かの工場をやっていたけど、うまくいっていなくて、生活に苦しんでいたんですって」

まさの訂正を受けて、千夏が説明した。

成海は苦笑してうなずく。

「ひいお祖母ちゃんは英文タイピストだったんです。結構、いいお給料だったそうです」

「オフィスレディのはしりですね。そこを狙われたわけだ。今も昔も行き遅れOLは大変ですね」

成海とまさのやり取りを、千夏が何度も取り次ぐ、という時間が続いた。

美菜代は成海の隣に座ってメモを取りながら、依頼人の様子に集中できず、ともするとふっと遠のく意識と闘っていた。このところ、気がつくと、先週会った陣内俊彦のことを考えてしまう。

「で、最近になって、今お住まいの老人ホームでその牛尾、という男に会ったんですね？」

成海の声がまた大きく響いて、はっとする。

「その方はデイサービスで来た人なんです」

うん、うん、とまさはうなずいた。

「牛尾は……」

「いえ、それが、その人、牛尾という苗字ではないんです。梅田《うめだ》という苗字で、名前は茂《しげる》」

「え。ちょっと待ってください。話を整理しましょう。老人ホームで会った方は牛尾清じゃなくて、梅田茂という人なんですね？　じゃあ、常識的に考えれば牛尾じゃないんじゃないですか」

「あたしも何度もそう言ったんですけど、ひいお祖母ちゃんが、あの男に間違いないって」

まさは、首のあたりを指差す。

「喉元にホクロがあるそうなんです。衣装ボクロと言って、一生服には苦労しないホクロなんですって。牛尾にもあって、俺は衣装には苦労しないよ、とよく笑ってたそうなんです」

「なるほど……」

千夏はちょっと頬を赤らめて続けた。

「その……愛し合う時に、ひいお祖母ちゃんはよくそこにくちづけしたから間違いないって言うんです」

成海は腕を組んで、ため息をついた。やる気が失せているのが見て取れた。

「もう少し、具体的な話がないとね。その男が牛尾かどうかもわからない」

「あたし、梅田さんの住所は調べました。デイサービスで来ている時、帰りの乗り合いバスを尾行して、住んでいるところを突き止めたんです」

千夏は顔を紅潮させて、成海に住所を書いた紙を手渡した。彼女にとっては大きな冒険だったのだろう。成海の方は面倒臭そうにそれを受け取り、ちらりと見ただけだった。

まさが大きな声で何か言った。言葉は明瞭でなく、千夏が通訳した。

「金はあると言っています」

「その言葉は普段なら、文字通り金言なんですけどね」

成海は苦笑し、千夏に言った。

「あなたもよく一緒に来ましたね。七十年近く前の曽祖母の復讐なんて」

「ひいお祖母ちゃん、いろんな人に頼んだんです。祖父や父や伯父や、従兄弟《いとこ》たちやうちの母にも。あたしも最初は断ったんですけど、皆に断られるのを見て、なんだかかわいそうになっちゃって。それに曽祖母の恋なんて、ちょっと興味あるし」

千夏は肩をすくめて笑う。

「どうせ、大学は暇だし」

「しかし、名前が違うのは致命的です。苗字は次男以下だったりしたら、婿入りとかで変更されているのもわかりますが」

「つまり、成海さんはひいお祖母ちゃんの思い違いだとおっしゃりたいんですね」

「まあね」

成海は、まさにぐっと近づいて言った。

「優しいひ孫さんですね。こうしてついてきてくれるなんて」

まさはにっこり笑ってうなずいた。

「それだけでも、幸せではないですか。男に騙された後、失恋のショックから立ち直るために上京して、旦那さんに出会って結婚したんですよね？　そして、これだけの子や孫、ひ孫にまで恵まれた。十分じゃないんですか」

まさはきっぱりと首を横に振った。そして、驚くほど明瞭な言葉で言った。

「復讐したいの。私のお金と愛と、一番美しい時期を奪った男とその妻に」

成海はやっとにやりと笑った。

「本当に復讐したいのは、妻の方なんですね」

その問いにはまったく反応がなかった。聞こえていないのか、よそを見ているまさをあきらめ、成海は千夏に向かって尋ねた。

「あなたはその梅田という男と話したことがあるんですか？」

「一度だけ。年末にひいお祖母ちゃんを迎えに行った時、ご挨拶しただけです」

「どんな男性です？」

「どんなって……あたしから見たら、大概のおじいちゃんは同じように見えます」

「梅田という人のご家族は？」

「さあ、よくわかりません」

「ふーん」

とにかく、男の身元を調べてみる、という約束で納得し、彼女たちは帰っていった。

「あれじゃあ、どうしようもないなあ。誰だかわかったところで、今さら復讐でもないだろう。まあ、調べて報告書にすれば、そこそこもらえるかな」

成海は彼女らを見送った後、デスクに座り、肩をすくめて言った。

考えごとをしていた美菜代は、一瞬、反応が遅れた。

「……そうですね」

「どうしたんだ。最近、集中力がないぞ」

「すみません」

「普段はともかく、来客が来た時の反応だけはいいのがお前のわずかな取り柄なのに」

成海に注意されるのは久しぶりだな、とぼんやり思う。

「言い返さないのかよ」

「ちょっとご相談したいことがあるんです」

「なんだよ」

成海が眉をひそめて尋ねる。

「復讐をお願いしたい人がいるんです。真剣な復讐です」

「誰だ」

「相談だけでも乗って欲しいそうです」

成海は面倒臭そうに髪をいじりながら、デスクの上の書類を取り上げた。

「読みたいものがあるから、二分で言え」

「本気です」

「だから、誰だ」

美菜代はソファに座って、デスクの成海を正面から見据えた。

「私です。私の復讐を改めてお願いしたい」

成海はぱさりと書類を落としたが、目は伏せたままだった。

「もしかして、前の……なんだっけ？　あの男か、お前を利用してポイ捨てした男」

「……そうです」

「だめだめ、あれはもう一度断っただろ」

美菜代は分厚い封筒をテーブルの上に出した。

「これでもですか」

成海はやっと顔を上げた。

「百万あります。やっと貯まりました」

「……お前はもう気が済んだのかと思っていた」

「ここに座って、私を依頼人として話を聞いてください」

美菜代は指で前のソファをさした。

「忘れた方がいい。おれの復讐がどんなものかは、お前が一番知っているだろ」

「意見だけでも聞かせてください」

「手付の百万はともかくとして、残りの金はどうする」

「ここで働いて返します」

「給料の前借りはお断りだ」

「先週、彼と会いました」

「お前が連絡したのか」

「いいえ、新宿でばったり。めぐみさんの復讐の件で栗原さんに会った後です。彼の方から声をかけてきました。それから、毎日メッセージが来ています」

成海は立ち上がって、ソファにゆっくり歩いてきた。美菜代は深呼吸をした。

「聞こうか」

彼はソファに座り、両手を組むとこちらを見た。

初めて依頼人になれた。


「男はなんて言ってきているんだ?」

「陣内さんですか」

「そう、陣内だった」

「また、会いたいと」

「妻のことやなんかは、なんと言っている?」

「今のところは特に何も」

「どうするつもりだ」

「どうしたらいいでしょう」

美菜代はとっさに聞き返した。

「無視しろ。できないなら、着信拒否設定にすればいい」

「でも……」

「嫌なのか」

「よくわからないんです。どうしたらいいか」

「だから、今、言っただろう。連絡は無視する。できないなら着信拒否するか、電話番号を変えればいい。おれがすぐ手続きしてやる」

美菜代は、ふっと遠くを見てしまった。

「何を迷っている？」

「……もしかしたら、彼、何か大切なことを話したいのかもしれない。だから改めて会って話したいのかも」

「バカな。だったら、お前と盛り場でばったり出会う前に連絡が来ているはずだろうが」

「勇気が出なかったのかも」

「男はどうしても必要な時にはすぐに連絡する。おれだって、遅刻する時はお前にちゃんと連絡するだろ？　怒られるのが怖くて勇気が出なくても」

「所長と私の関係とは違いますよ」

「じゃあ言葉を変えよう。男は本当に必要な女にはすぐ連絡する。連絡しないのは、それだけの気持ちだってことだ。言葉は嘘をつけても、行動は嘘をつかない」

「彼は私に負い目があるからできなかったのかもしれません」

「彼？　あんなひどい捨てられ方をしたのに、まだ彼氏、呼ばわりか」

「相談しなきゃよかった」

「恋愛相談なら、学生時代の友人でも呼んで女子会でやってくれ」

美菜代は何も言えなくなって、黙ってしまった。しばらくの沈黙の後、成海が尋ねた。

「で？　お前が考えている、その陣内がお前に伝えたいことってなんだ？」

美菜代は言いよどむ。

「おおかたあれだろ？　妻とはうまくいってない、君とやりなおしたい、または、妻とはうまくいかなくて離婚を考えている。そんなところだろ」

「……そこまでは期待してませんけど」

「いや、してる。もっと言えば、君のことが忘れられなくて、妻とは離婚した、とでも言ってもらいたいんだ」

「そんな」

美菜代は口を尖らせたが、表情だけで反論はできなかった。

「都合のいいことを考えるな。相手に足元をすくわれる。向こうはお前が思っていることを利用して、何も言わずにお前を都合のいい相手に仕立て上げる。ひとつも甘い言葉や尻尾をつかまれる言葉を用いずにな。お前が期待しているからだ」

「都合のいい相手……」

「都合のいい相手は、きれいに言い過ぎたな。有り体に言えば、いつでも呼び出してセックスできる相手だ。妻に飽きた時に」

「ひどい言い方」

「でも真実だ」

「わかってます」

「わかってない」

「わかってます。だから、こうして相談しているんです。復讐するために」

「復讐？」

「彼の提案に乗るふりをして、しばらく付き合えば復讐するネタをつかめるかもしれません。相手が何を考えているかもわかる。私は騙されたふりをして彼に近づきたい」

「どうだか」

成海は足をテーブルの上にあげた。

「汚い。お客様が来る場所ですよ」

美菜代が眉をひそめる。

「お前がそこまで冷静になっているとは思えない」

「本当です。信じてください」

「信じるとか信じないとか、おれには関係ないね」

冷たく言い放って、成海はテーブルの上の百万円が入った封筒をジャケットの内ポケットに入れた。

「あ」

「おれが関心があるのはこれだけだ」

成海の冷たい表情は、美菜代がここに初めて来た時と同じだった。

予約してもらったイタリアンレストランで待っていると、陣内は十五分ほど遅れてやってきた。

昔と変わらない。彼はいつも必ず遅れてきた。本当に忙しいのかどうかはわからないけど、と美菜代は冷静に考えた。

「いやー、光栄だよ。美菜代ちゃんの方からまた誘ってもらえるなんて思わなかったよ。嬉しかった」

笑顔で向かいの席に座る。

光栄、嬉しかった、などというワードで抽象化して何気ない男女の会話に仕立て上げているが、結局、「僕が誘ったんじゃないよ。最終的に選択したのは、君なんだ」と念押しされているような気がした。

いや、陣内は本当に無意識で言っているのかもしれない。こんなふうに考えてしまうのは、成海の影響を受けすぎなのだろうか。

食事が始まっても、陣内は過去のことや妻のことは一言も話さなかった。ただ、最近読んだ本や仕事の話しかしなかった。けれど、それは巧みで、美菜代はここに来た目的も忘れて引き込まれ、何度も笑った。

「陣内さんと会おうと思うんですけど、注意点はありますか」

今日の帰社時、成海に尋ねると、彼は上目遣いでぎろりと美菜代の顔を見た。

「なんのために？」

「あちら側を偵察するために。情報を仕入れようと思って」

「なるほど」

その、なるほど、はどこか小バカにしているように響いた。

「助言していただけませんか。一応、依頼人として百万円払ったんですから」

「お前はおれのやり方を知っている。おれの復讐を知っていて、金を払ったんだ。何をしようと、何もしまいと、おれの勝手だ」

「でも」

「本当に、男を乗せて情報を引き出すためなら楽しげに機嫌よく振る舞うことだろうな。まあ、こちらから連絡しただけで、その気持ちは伝わっているだろうが」

「そうですね」

美菜代が礼を言って部屋を出る時、成海の声が後を追いかけてきた。

「一方で、冷たくあしらう、という手もある。いわゆる、ツンデレというやつだ。それによって男はお前の機嫌をとるために必死になってボロを出すかもしれない。どっちが有効かはわからない」

「なんでそんな迷わせることを言うんですか。結局、どっちがいいんですか」

成海はただ肩をすくめるだけだった。

最初の助言通り、楽しげに振る舞うことにした。けれど、思わず声をあげて笑った時に、振りではなくて自分が本当に楽しんでいるような気がした。

「何？　どうしたの？」

急に真顔になった美菜代に、陣内は心配そうに尋ねた。

「なんでもないわ」

答えながら、やっぱり、ツンデレの方が効果的だったかもしれない、と思ったりもする。

そしてさらに迷う。今、ツンデレの方がよかったかもしれない、と考えた気持ちは、いったいどちらの立場なんだろうか。

復讐しようとしている美菜代か、それとも、どこかにまだ一抹の愛情を残している美菜代か。

デザートを食べ終えた後、「今日はとても楽しかった」と陣内が言った。

「ええ」

素直な気持ちで答えていることを美菜代は認めたくなかった。

「よかったら、もう一軒どうかな」

美菜代が明日の仕事を理由に断ると、彼はそれ以上無理強いはしなかった。

勘定は、陣内が二人分払った。

レストランから出て、駅までの道、陣内はそっと指を絡めてきた。美菜代は抵抗せずに、これは復讐のためだ、と自分に言い聞かせて歩いた。


「ふーん」

翌朝、美菜代からの報告を聞き終わった成海は、ただそううなった。手をつないで歩いたことは言わなかった。

「どう思いますか？」

「どう思うって？」

質問に質問で答える時の成海は嫌いだ、と美菜代は思った。

「これからどうしたらいいのか」

「まあ、向こうの出方次第だな」

「そうですね」

「それより、おれたちには大切な案件がある」

「大切な案件？」

「もう忘れているのか。ほら、あの老人ホームの婆様の」

「あ、高遠まささんですか」

「自分のことがあると、すぐに仕事は上の空になるんだな、お前は」

「そんなことは」

「これが大きな会社なら、そう査定して上司に回しているところだ」

「すみません」

成海はデスクから資料を出して見せた。

「昨日の帰りに、区役所に行って梅田老人の住民票を取ってきた」

「え。そんなこと、できるんですか」

「彼の親戚を装った。もちろん、違法だ」

「やっぱり」

「少し前なら、こんなことはなんの問題もないことだったのにな」

梅田茂、九十二歳、世田谷《せたがや》区在住と、書いてある。今は妻と息子夫婦との四人暮らしだった。

「その本籍地のところ、見てみろ」

「はい。あ」

本籍地は名古屋市中区《なか》、となっていた。

「高遠まさの出身地は名古屋で、そこで牛尾と知り合った、って言ってたな」

「これ、もしかして……」

「早まるな。可能性が高まっただけだ。まだ苗字と名前の謎が残る。住民票だけだとそのあたりのことはまったくわからない」

「戸籍謄本を取り寄せるしかないですね」

「戸籍謄本となると簡単にはいかないな。名古屋の業者に頼むか。ついでに梅田の名古屋での足取りを追って、高遠まさの方の戸籍も調べよう」

「え、そっちも？」

「一応な。お前は藤沢千夏に連絡して、可能性が少し高まったから、調査を続行することになった、と伝えてくれ。くれぐれも期待を持たせすぎないように」

「わかりました」

美菜代はすぐに千夏に電話した。あたりのざわめきで、彼女が大学にいることがわかった。

「やったあ」

成海に言われた通り、期待しないでください、と釘を刺したのに、飛び上がって喜んでいるのが目に見えるようなはずんだ声だった。後ろで、え？　なあになあに、と尋ねる友人の声まで聞こえる。

「ですから、まだ何もわかったわけではないので」

美菜代は、自分の声に苦笑が混じっているのが伝わるだろうな、と思った。

けれど、千夏の応えはなく、代わりに「ひいお祖母ちゃんの昔の恋バナなんだあ」と説明する声が聞こえた。

千夏には、曽祖母の七十年の時を超えた復讐も、ロマンチックなラブストーリーとしか思えないのかもしれない。では、またご連絡します、と言って電話を切った。


その老人が訪ねてきたのは、藤沢千夏に梅田について報告した翌朝のことだった。

「わたくしは高遠良夫《よしお》と申します。高遠まさの息子で、千夏の祖父でございます」

すでに七十歳を越える高齢と思われたが、背の高いがっちりした体型の良夫は、ソファセットで成海と向かい合わせに座ると、どうどうと自己紹介した。

「それはそれは。はじめまして。僕は成海慶介と申します。職業は……」

「復讐屋でしょう。孫娘に聞きました」

老人の「復讐屋」という言葉の発音には、隠しようのない嫌悪感が滲んでいた。

「千夏さんから？」

「というより、あれの母親で、私の娘からですね。大人のように振る舞っているが、千夏はまだまだ子供です。あなたの報告を聞いて、舞い上がったのか、逆に不安になったのか、母親に話したんです。それで、連絡がきた」

「なるほど。そういうことですか」

「ですから、あの子に非があるわけではありません。責めないでやってください」

「千夏さんを責めるつもりは毛頭ありません」

「単刀直入に申し上げます。あなたのこの調査……まあ、あなたの言葉を借りれば復讐ですか。それを止めていただきたい」

老人の声には濁りがなかった。厳しくもはっきりした言い方で、まっすぐな人柄が感じられた。成海に対しては、強い嫌悪感を持っているようだが、この人のこと私は嫌いじゃないわ、と美菜代は思った。

「止める？」

「今すぐ調査を中止し、今後一切、母や、孫に関わらないでいただきたい」

「しかし」

「調査費は私からお支払いします。とにかくこれ以上高遠家に近づかないでいただきたい」

成海の眉が、不快そうにひそめられた。

「まるで、僕が不当にお宅に近づいたかのような言いようですね。でも、復讐を依頼されたのは、あなたのお母様であり、お孫さんですよ。僕も一度は仕事の依頼をお断りしている。けれど、どうしても、とそちらから頼まれた話だ。僕は、あなたの一存では動けない。彼女たちの気持ちを聞かなければ」

老人ははっとしたように表情を引き締めた。

「これは、失礼いたしました。無礼な言い方をお許しください。昨夜話を聞いて動転し、取るものもとりあえず、こちらに出向きました。どうしても止めていただきたくて。その勢いで不快にさせてしまったなら、謝ります」

良夫は、素直に軽く頭を下げた。成海の表情から力が抜けた。

「いえ、それはかまいません。ただ、依頼の方はいずれにしろ、まささんのご意思を聞かなくては……」

「確かに、それはあなたのような立場なら、致し方ないことでしょう。でも、私がこんなことを申し上げるのは」

良夫は唇を引き結んだ。

「こんなことを申し上げるのは、梅田という男性が、母が自分を騙したと主張している男とはまったくの無関係だ、と断言できるからです」

「なるほど。では、証明できますか。僕が納得できるように」

「証明は……むずかしい。けれど、断言できます。そうとしか言えません」

「あなたの言葉だけでは納得できない」

良夫は目を細めて、遠くを見るような表情になった。切なげにも、内心の逡巡が表れているようにも見えた。

「私が、それを断言できるのは」

「断言できるのは？」

良夫は深く息を吐いた。何かを諦めたようだった。

「私がこれからする話は、絶対に内密に願いたい。孫の千夏にも」

「もちろんです」

「……私の父親が牛尾清、その人だからです」

「え」

成海は小さく尋ね返した。それは驚きのため、というより、純粋に意味を問い質《ただ》したようだった。

美菜代が熱いお茶に淹れ替えると、良夫は小さく頭を下げた。そして、どこかふっきれた様子で茶碗を手に取った。

「父が牛尾清です。間違いない」

「しかし、名前は？」

「最初から、順を追って説明させてください。父、牛尾清は戦後、名古屋で小さな印刷所を始めました。紙もインクも不自由な時代で、朝鮮戦争の前でしたから、その経営は厳しく、辛酸を嘗めておりました。私は父と、その妻牛尾夕子《ゆうこ》の間に生まれました。父が高遠まさと知り合ったのはその頃だと聞いております。印刷の仕事の関係でしょう」

「なるほど」

成海は、戦後という大きな時代の流れにどこか圧倒されているようで、日頃の態度は鳴りをひそめていた。

「毎月の支払いやわずかな従業員の給料にも事欠くような、それはそれは厳しい経営だったと聞いております。これは、成長したのち、父から聞いた話ですが」

「戦後の混乱期は皆、そうだったんでしょうね」

「ですから、あなたが高遠まさから聞いた話はそのまま、嘘ではないのです。父には妻子がいて、まさに金を貢いでもらっていた」

「ふーん。しかし、それでは辻褄《つじつま》が合わない」

「ええ。話が変わるのはここからです。私の本当の母である、牛尾夕子は二人の関係を知ってしまいました。けれど、従業員達や子供の生活を考えると、安易に別れてくれ、とも言えない状況でした。母は苦悩の末、自ら離婚届を書いて、家を出ました」

成海は能面のような顔のままうなずいた。

「そのあと、父と高遠まさの間にどのような話し合いがあったのか、わかりません。ただ、当然、二人の所業は親戚や周囲から強い非難をあびたようです。父は工場をたたみ、東京に移りました。時を移さずまさも父を追って上京し、結婚しました。地元や親戚との縁も切るつもりで、苗字をまさの姓、高遠に変えたようです」

「そういうことでしたか」

「私は幼くて、ほとんど覚えていません。ただ、母親は病気で亡くなって、新しいお母さんが来たと思い込んでいました。そう教えられていましたから。弟も二人誕生しました。ただ、これだけは言っておきたいのですが、まさは私を他の兄弟と分け隔てなく、とても大切に可愛がって育ててくれました。東京でも英文タイプの仕事以外にもさまざまな仕事をしながら」

「本当のことを知ったのは、いつ頃でしたか？」

「二十年ほど前に父が死んでからです。それまでうちには、親戚というものはいないのだと思っていました。皆、戦争で死んでしまったと聞かされていましたので。けれど、父の葬式に、どこから聞きつけたのか親類が名古屋から来てくれて、本当の母のことを教えてくれました。彼女が新しい家族を持ったのち、すでに亡くなっていることを。聞いたのは私だけです」

「あなたは、まささんには恨みを感じなかったのですか」

「何も思わなかったと言ったら嘘になります。けれど、すでに私も五十になっておりましたし、彼女がしてくれたことは変わりません。父と二人、ひどく苦労をしたのも知っています」

「それでは、問題は何もなかったわけだ、それなのに？」

「ええ。彼女は過去のことを他の息子や孫、もちろんひ孫たちにひた隠しにしていたのです。ところが数年前、まさに認知症の症状が出始めた頃から、それを漏らすようになっていったのです」

「ご病気のせいでしょうか」

「最初は、戦後、苦労した話などをぽつぽつ話しただけでした。ところが日を追うごとに話はふくらんでいき、とうとう、自分が牛尾清に裏切られた女だ、牛尾の妻にも復讐したいと言い出したのです。本当に驚きました」

「いったい、まささんの中で何が起こったのでしょう」

「わかりません。しかし、牛尾夕子を追いやって妻の座についたことで、彼女は大きな罪の意識に苛《さいな》まれていたのでしょう。若さや父への愛情などでその気持ちを覆い隠して私たちを育ててくれたのが、歳を取り、メッキが剝がれ耐えられなくなったのかもしれません。そして、自分の方が裏切られた女だと信じ込むことによって、なんとか精神の均衡を保っているのではないかと」

「なるほど」

「あるいは、まさの中で本当に復讐したい相手は自分自身なのかもしれません。それがどこか曲がった形で出てしまっている」

「ええ」

「そして、これも推測ですが、名前が独身の頃のまま、高遠であることが、どこかその幻想を助長しているのかもしれません」

「よくわかりました。しかし……千夏さんにはどう説明しますか」

「私から叱って、言って聞かせます。あれには、曾祖母と血が繋がっていないとは思わせたくない。ましてや、そんな道ならぬ恋の末にできた家族だとも思われたくない」

道ならぬ恋……その言葉には恨んではいないと言っている高遠良夫の本物の苦悩が隠されているような気が、美菜代にはした。

彼は深く深く、何度もお辞儀をし、成海に感謝の言葉までかけて、帰っていった。

成海は自分のデスクに座って、くるりと椅子を回し外を見たきり、その日はずっとその姿のままだった。


シナリオライターの栗原麗奈が突然、『成海事務所』を訪ねてきたのは、それから数日後のことだった。成海は外出中で美菜代一人だった。

「ちょうど通りかかったものだから。近所でシナハンがあったの。ロケーションの場所を探すために」

成海がいないとわかると明らかに落胆しながら、麗奈はケーキの箱を美菜代に渡した。それは銀座にしかない店のものだった。美菜代は、偶然近くを通りかかったというのは本当だろうか、と思いながら受け取った。

「所長は三十分から一時間ほどで戻ります。よろしければ、お待ちになられますか」

麗奈はぱっと顔を輝かせた。

ソファに座らせてお茶を出した。雑談の相手をした方がいいのだろうか、と迷いながら、「シナリオライターさんってお忙しそうですね」と言った。

「今はちょうど連ドラが終わったばかりだからちょっと時間があるの。半年後には次のドラマが始まるから、準備だけでも大変だけど」

「書く前に準備があるんですか」

「書いている時期より、準備の方が大変なぐらい。資料読んで、シナハンして、会議して……何より会議が毎日のように続くからいやになっちゃう」

「忙しいんですね」

「時には、こうやって昔の友達に会いに来て愚痴でも言わないとやってられないわよね。それに、成海君がどんな事務所を開いたのか、一度見たかったたし」

「実際見て、どうですか?」

「復讐屋の事務所って、ほら、探偵事務所みたいな感じかな、ってちょっと期待していたんだけど、ぜんぜん違うわね。どちらかというと……私の税理士の事務所に似ているわ。殺風景で」

美菜代は思わず笑った。「税理士事務所」

「本当に普通ね」

「でも、本物の探偵事務所がどんなものかわからないし」

「そうね。真実はこんなものかもしれない。私が想像しているのって、映画や小説の中の、パーカーとか原寮《はらりよう》の世界だもの。あ、あと漫画の大川端《おおかわばた》探偵社とかね」

麗奈は機嫌よく、ドラマの世界のことや芸能界のことを話してくれた。さすがに人を逸らさない話をする人だ、と美菜代は感心しながら、こうしてやってくるのは成海にいくばくかの好意を持っているからかな、と勘ぐった。

「所長とは、小学生の頃からのお友達なんですか」

「彼の方が二つ下だけどね。そんなにたくさんの生徒がいる学校じゃないから、自然、知り合いになるのよね。それに彼はお母様があんな事件を起こしたから有名人だったし」

「お母様の事件?」

「あら」

麗奈はしまった、という顔になって慌てて口をつぐんだ。

「所長のお母様って。何かあったんですか」

「ごめんなさい。私、軽率なことを言ってしまったわ。もう忘れて」

「あ、はい……」

気まずい雰囲気が漂い、美菜代は自分の席に戻った。

けれど、また、声をかけてきたのは、麗奈の方だった。

「きっと、私が話さなくてもなんの意味もないわね」

「え」

美菜代は顔をあげた。

麗奈がソファからこちらを見ていた。

「あなたがここで仕事をしていたら、いくらでも調べる手段は知っているでしょう。帰りに大宅《おおや》文庫に行けばわかることよ」

ちょうどその通りのことを考えていた美菜代は、図星をさされて黙るしかなかった。

「いえ、今ならスマホ一つでも調べられるかもしれない」

「すみません」

「あなたが謝ることじゃないわ。口を滑らせた私が悪いんだもの。だけど、誤解しないで欲しいの。あの事件のことを書きたてている新聞や雑誌の記事はすべてが真実ではないの。ひどいことが書いてあるかもしれないけど」

そして、彼女はしばらく考えてから言った。

「私が説明した方がまだましかもしれないわ」麗奈は腕時計を見た。「成海君が帰ってくる前に話しましょう。ここに座って。ああ、私が買ったケーキでも食べながら話しましょう」

「でも……」

「いいのよ。私があなたのために買ってきたんだもの」

それで、美菜代は手早くまた自分のためにマグカップにお茶を淹れケーキを皿に盛って出した。

「あれは、成海君が小学校二年生、私が四年生の時よ」

麗奈は一度目をつぶった。子供の頃の記憶をよみがえらせているようだった。

「不思議よね。大人になると二歳の年の差なんてなんでもなくなる。けれど、四年生と二年生って、大人と子供ぐらいの差がある気がしない？　大げさかしら？　でも、二年生の男の子なんて、ほんの赤ちゃんみたいなものじゃない。逆に四年生の女子は少しだけ少女から女に脱皮し始めている。体も成長して、大人の世界もわかってきて」

自分も思い当たる節があって、美菜代は深くうなずいた。

「この事件のことを思い出す時に、私はいつもそれを思うの。あの事件はひどくショックだったけど、成海君と私にはそのショックは違ったものなんじゃないかって。成海君の実の母親が起こした事件だという点を除いてもね。そして、当時の小さな成海君が浮かんでくる。体に合わない大きなランドセルを背負って、半ズボンをはいた彼」

「私には想像できませんけど。あの所長に小さな男の子の時代があったなんて」

「前置きが長くなったわね。でも、どうしてもこれを思い浮かべないと、うまく話せないのよ」

「大丈夫です」

「当時、親から聞いた話や、成長してから自分で調べたり、人から聞いたりした話を合わせて話すわね……成海君のお母様は東北地方出身の方よ。地元では有名な美人で、成績もよかったんですって。子供の頃から東京に出てアイドルになりたいと言っているような女の子だったらしいわ。ただ、高校卒業時は親の反対でどうしても上京できず、地元の短大を出た後、家出同然で東京に来たの。東京ではアルバイトをしながら、チラシや小さい雑誌のモデルなんかをしていたらしいわ」

美菜代の脳裏に、若く美しく、強い、野心に満ちた女性が思い浮かんだ。そういう女性は時々見かける。前の会社にもいた。

「そう。わかるでしょ。東京にたくさんいる、美しくて高望みの女の子の一人よ。自分は地元で終わるつもりはない、と出てきてしまって現実に打ち砕かれる。自分の能力や容姿が都会では大したことがないことを思い知る。そういう人を否定するつもりはないわ。むしろ、愛おしいとさえ思う。だけど、現実問題として、なんの後ろ盾もない女の子の東京での一人暮らしは大変よ」

「でしょうね」

「でも、彼女は成功者と言えたかもしれない。自分がモデルで成功できないと気がつくとさっさと見切りをつけ、お見合いで、代々東京の郊外で工務店をやっている会社経営者の男性と結婚することになったの。つまり成海君のお父様」

「おいくつの時ですか」

「はっきりしたことはわからないけど、お母様は二十代の前半、お父様は三十代の後半というところじゃないかしら。成海君もすぐに生まれて、幸せな家庭ができた。けれど、数年が経ち、お父様の父親、成海君のお祖父《じい》様が亡くなって、お父様の仕事が忙しくなったの。彼女は育児や家事のみの日々に不満を募らせるようになった。野心ある女性がある日、ふと自分の人生を考え始める。上京してきて、気を許せるような友達もほとんどいなかった。あとはおきまりのパターンね」

「男ですか」

「ええ。近所の病院に研修に来ていた、東大の医学生だったらしいわ。成海君のお母様にとっては初めての恋だったのかもしれない。彼女、離婚して彼と結婚しようとまで思いつめていたらしい。けれど、相手の男の方にはそんな気持ちはなく、ただの人妻相手の遊びだった。彼にはちゃんとした恋人がいて、大学を卒業と同時に結婚してしまった」

「ひどいですね」

「でも、成海君のお母様の方も現実を見据えるべきよ。夫も子供もいたんだから。結婚した彼に、彼女は付きまとった。今でいうとストーカーね。自宅に行ったり、無言電話をかけたり、彼の奥さんに近づいたり。それでも、彼が翻意しないことを知ると、これが最後だと言って自宅に呼んだの。そして、彼を包丁で刺し殺し、自分も自殺した。それを最初に見つけたのが、当時小学校二年生だった成海君よ」

「え」

美菜代は思わず口を押さえた。

「そうなの、学校帰りの彼がそれを見つけてしまったの。ショックのあまり家から出て、ふらふら歩いているところを近所の人に保護された。服に血がたくさん付いていたんだって。お母様にとりすがったんでしょうね」

ひどい、と美菜代は言ったつもりだったが、声が出なかった。

「お父様が会社経営者でお金持ちだったことや、お母様のモデル時代の水着の写真やらが残っていたことで、事件はセンセーショナルに報道された。人妻の血塗られた恋、だとかね。殺された彼の奥さんが涙ながらに記者会見したりインタビューに答えたりして、さらに騒ぎが大きくなったの。どれだけ彼女がひどい淫乱な女だったか、彼は彼女を嫌っていたのに付きまとわれたとか話して。ワイドショーでも連日放送されたわ」

美菜代の脳裏に血だらけの子供とさまざまな雑誌記事の見出しが次々に思い浮かんだ。幼い成海の生活はめちゃくちゃになっただろう。

「さっきも言ったけど、私は四年生だった。おぼろげながら世間のことや男女のこともわかる年頃よ。私には成海君のお母様が不潔に感じられて仕方がなかった。そんな自分を今でもとても後悔している。でも同じように感じた子供は多かったと思う。そういう視線の中で生きていくのは大変だったでしょうね」

「所長、学校では?」

「ミッション系の名門私立小学校だったから、理事会では問題になったらしいわ。やめさせた方がいいという人もいた。でも校長先生がすばらしい方で、こういう時こそ教育者がサポートできなくてなんのための学校か、とおっしゃって退学はまぬがれたの。彼、半年ぐらい登校できなかった。でも、学校に通うようになったら何事もなかったかのように振る舞っていた。いいえ、以前より明るくなったぐらい」

「どうしてでしょう」

「私にもよくわからなかった。だから、成海君の中にはどんな心の葛藤《かっとう》があるのかと思ってた。成海君が大学を卒業した後、外資系資産運用会社に少し勤めた後、お父様の会社を継がずに、こういう事務所を開いたって聞いた時、お母様の事件と何か関係あるのかしら、と思ったわ」

「……関係あるんでしょうか」

「それは、私にもわからないけど、復讐というものについて、成海君が特別な思いを抱いていることは確かだと思う」

その通りですね、という代わりに、美菜代は食べ終えたケーキの皿を重ねた。手を動かすことで、今聞いた話の衝撃を少しは中和できるような気がした。

ドアがバタンと開く音がして、美菜代はぎょっとして振り返った。成海がせかせかと入ってきた。

「なんだよ、栗原先輩、来てたのか」

麗奈はさっと表情を変え、美菜代に目配せした。

「近くでシナハンがあってね。美菜代さんにすっかり話し相手になってもらっちゃった」

「お。ケーキまで食ったのか」

「成海君の分もあるわよ」

「私、すぐ支度しますね」

美菜代はそそくさと立ち上がって、隅にあるキッチンに行った。すぐに成海と麗奈の笑い声が聞こえてきて、ほっと息をついた。


麗奈から話を聞いた翌日、出所してきた成海に、朝のお茶を出しながら言った。

「所長、やっぱり、お金、返してください」

「え」

「百万円」

成海は美菜代の顔をじっと見た。

「どういうつもりだ？」

「やめました。復讐するの」

「……どうして？」

「なんだか、バカらしくなって、いろいろ」

「ふーん」

成海は美菜代から目を離さずに、疑わしそうにうなった。その視線を跳ね返すように、美菜代は右手をぐっと差し出した。

「返してください」

「今すぐは無理だよ。銀行に入れてある」

「金庫に何が入っているのか、私が知らないとでも？」

美菜代は成海の後ろにある、金庫を指差した。成海はちっと舌打ちした後、「現金の受け渡しは危険だし、明日、銀行振込にした方がよくないか？」と提案した。

「いいえ。今日、返して」

「ちょっと預けてくれたら、利子つけて返すんだけど」

「そんな詐欺師みたいなこと、言わないでください。あんなにやりたがらなかったのに、今さら？」

「一度手にした金って、なんでこんなに離れるのがさびしいんだろう。おれの諭吉ちゃん」

成海は眉間にシワを寄せて振り返り、金庫の中から百万円の束を取り出した。けれど、美菜代がそれをつかもうとすると、すっと引っ込めた。

「本当は何があった？」

「え」

「何かあったんだろ」

「何もありませんよ。強《し》いて言えば、高遠さんの話を聞いて、なんだか気が抜けたのかもしれません」

「だけど、あれから何日も経っているだろ？」

「ずっと考えていたんです」

美菜代は成海の手から札束を奪った。

「落としたり、盗られたりしないように気をつけろよ」

「今日は、前の会社の同期との女子会があるんです。その前に銀行に行ってきます」

「同期の？　そういうの、ずっと行ってなかったんじゃないのか」

「退社してから前の会社の人を避けてましたけど、逃げてもしょうがないかな、って。気にしないでおいでよ、って誘ってくれる人もいるし、私もそろそろ吹っ切らないと」

「そんなにいろんなことをいっぺんにやって、大丈夫か？」

「荒療治です」

美菜代は笑って答えたが、成海は肩をすくめた。

「なんですか」

「荒療治とか口にする人間は、まだ荒療治なんて早いんだ」

「大丈夫です。現実を見据えてきます」

「だから、現実を見据えることができる人間は、そんなこと言わないんだってば」

めずらしく成海の方がぐずぐずしているのが、逆に美菜代の背中を押した。今夜は絶対に楽しもうと決めた。

青山《あおやま》のレストランで行われた女子会はかなり退屈だった。

会社の同期だけが集まる女子会。半年に一回、定期的に開かれている。すでに結婚したり、転職したりした人にも必ず声をかけることになっていた。しかし、アラサーともなると、お互いそう大きな変化はないので、話も行き詰まりがちだった。その日は美菜代を入れて八人が集まっていた。

今回は、数カ月前に出産した市井愛実《いちいあみ》が、子供を夫と義理の母親に預けて「久しぶりの息抜き」と称してやってきていた。話は自然、彼女に集中し、愛実も機嫌よく妊娠出産から、現在の子育てまで事細かに話した。

皆、いろいろ事情を抱えているんだろうな、と彼女の話に楽しそうなふりをしてうなずきながら、美菜代は考えていた。

この歳まで会社に残っているとなると、そこそこのキャリアを築きつつある。中には係長やグループリーダーになった人もいる。入社したばかりのように気楽に部署や上司の悪口も言っていられない。仕事の踏み込んだ話は同じ会社といえども、いや同じ会社だからこそ、やすやすと口にできない。

結局、子持ちの同期の愚痴を聞いているのが一番安全なのだ。

「遅れてゴメーン」

ひときわ大きな声がして、大きなブランドバッグが美菜代の目の前にどんと置かれ、かすかに食器が震えた。同期の平野多恵子《ひらのたえこ》だった。

「もう、忙しくて忙しくて。帰社直前に部長に呼ばれちゃって、あたし、今夜は同期会なんですよ、って言ったら、君じゃなくちゃ処理できない案件なんだとか言うからさあ」

ああ、この人、いつも忙しがっていて、ミス多忙とか言われてたんだっけ……美菜代はどこか懐かしくなった。彼女は入社当時から、自分がどれだけ係や課の皆に頼りにされているか、慕われているかをくどいほど主張していた。しかし、美菜代は秘書課に入って数年後、彼女が本当はずっと秘書課を希望し、上司に直接陳情までしていたことを知った。

「どうして秘書の仕事なんか希望するんでしょう」

美菜代はあの時、思わず先輩秘書に尋ねた。

「秘書なんか、とはひどいわね」

先輩秘書は笑った。

「すみません！」

「そうよね。外から見るのと中に入るのとではぜんぜん違うもの。たぶん、ああいう人は、権力に近づけるとでも思っているんじゃないの？　そんなわけないのに」

「でも、それならどうして平野さんを入れなかったんですか？　私より仕事できるし、何より美人なのに」

「この仕事は、秘書に憧れているような人には務まらない。思っているよりずっと地味だし、ハードでしょう。たいてい不満を言ってやめていくのよ」

先輩の答えは明快だったっけ。

多恵子は美菜代に気がついて、驚いた表情をした。

「あら、神戸さん来てたの？　ずっと出席してなかったのに。よく来られたわね。驚いた」

「長く出席できなくてごめんなさい。久しぶりね」

美菜代は素直に軽く頭を下げた。

「なんか、どっかの怪しい会社に入ったって聞いているけど」

「……人のメンタル的な問題を……サポートする仕事をしているのよ」

前に母親に説明したのをまた使った。

「それが怪しいって言うんじゃない」

多恵子の攻撃的な気配に気がついて、市井愛実が間に入ってくれた。

「平野さん、うちの子の写真見てくれる？」

「ふーん」

多恵子はつまらなそうに愛実のスマートフォンを手に取った。なんと感想を言ったらいいか迷っているのか、しばらく黙った後、「小さいわね」とつぶやいた。

美菜代はくすっと笑ってしまった。彼女のことはそう嫌いではなかった。辛辣《しんらつ》で、自信家で、横柄なところは良くないが、正直で努力家でもある。空気が読めないから人には敬遠されがちなのは、ちょっと気の毒でさえあった。

「ねえ、神戸さんがここに来ているってことは、もう解禁っていうことでいいのね？」

スマホを愛実に返すと、多恵子はまた急にいきいきとして美菜代に向き直った。

「解禁？」

「あら、皆、知らないとでも思っているの？　営業第一課の陣内先輩とのことよ。先輩が社長に近づくために利用されて捨てられたってこと」

「平野さん！」

愛実がするどく制した。

「あら、いいじゃない。ここでちゃんと話しておけば、神戸さんもこれから来やすいじゃないの」

「でも」

愛実が美菜代を気の毒そうにうかがった。

美菜代はそのまま席を立って帰ってしまいたかった。顔を上げると、テーブルの上の表情は多恵子以外はみな同情的ながら、止めてくれる人はいなかった。

「……陣内さんと一時的でも、付き合ったのは確かよ」

美菜代は小声で言った。

「やっぱり噂は本当なんだ！　で、今の奥さんに乗り換えられたの？」

「陣内さんがどう思っていたのかなんて、私にはわからない」

そう返すのが精一杯だった。

「じゃあ、もう、神戸さんは陣内先輩のことは恨んでないのね？」

多恵子が尋ねた。美菜代は腹に力を入れて表情を変えない努力をした。

「恨んでないわ」

美菜代は声が震えないように細心の注意を払いながら答えた。それ以外の答えなど、ここでは言えなかった。

「神戸さんが立ち直っているみたいで安心したわ。だって、陣内先輩の奥さんが妊娠したなんて聞いたら、きっとショックだろうから」

「え」

美菜代はもう動揺を隠せなかった。

「やっぱり知らなかったの？　もう男の子だっていうのもわかっているんですって。陣内先輩、有頂天で子供のエコー写真を課内で見せて回っているわよ。ご両親もとても喜んで世田谷に一戸建てを建ててくれるんだって。お金持ちだったのねえ。それに、四月からは課長になるんでしょ？　同期の中では一番の出世頭よね。係長になるのは三番目だったのに、課長は一番だなんて、ずいぶん評価が上がったのね。誰かさんのおかげかしら？」

　彼の家は資産家だったのだ。それなのに、デートはいつも美菜代持ちだった。私に使うお金は惜しかったのかもしれない、と思うと情けなかった。

　大丈夫？　愛実のささやく声がして、美菜代は我に返った。

「神戸さんのご威光もすごいものじゃないの」

「私にはそんな力はないわ」

　やっと振り絞って出た言葉は一言だけだった。

「いくら秘書に力があっても、恋敵を幸せにするのに使っちゃ、意味ないわね」

　美菜代は、多恵子を見返した。その瞳が嬉しそうにらんらんと光っているのを見て、ああこの人はずっと私のことを嫌いだったのだ、と初めて知った。悪い人ではない、なんてずっと思っていた自分はなんておめでたかったのだろう。

「ねえ、もうやめなさいよ、平野さん」

　愛実が強い口調で割って入った。

「同期をそんな風に言うのはよくないわ」

「だって、陣内先輩が言っているんだもの。私はそのまま伝えただけよ」

「でも、言っていいことと悪いことがあるでしょう」

「先輩を選んだのは神戸さんよ、私じゃないわ。ここまで言ったからには、最後まで聞いた方がいいと思うから言うけど、陣内先輩、あなたのこと、もっとひどく言っているわよ。身の程知らずだとか、すぐに男の子を妊娠するなんて、やっぱり妻とは相性が良くて神戸さんとは結婚せずに済んでよかっただとか」

美菜代はゆっくりと立ち上がった。

気が済んだ？　美菜代は多恵子に向かって唇を動かした。え？　と彼女は首をかしげた。テーブルの上の水の入ったグラスが目に入り、その気取った顔にぶっかけてやろうと握りしめたが、明日の会社の話題を提供するだけだと思って、止めた。

お祖母ちゃんも言っていた。不実な男のために女同士が争うほどばからしいことはないと。ちょっと意味が違うかもしれないけど。

それに、多恵子は確かに悪くないのだ。彼女は事実を伝えているだけなのだから。本当に復讐したい相手は他にいる。

美菜代は多恵子に微笑んだ。多恵子はぎょっとしてちょっと腰を浮かせた。それだけで十分だった。

そのまま、バッグを持って外に出た。冷たい夜の空気を胸いっぱい吸って、美菜代は歩き出した。

それから数日後の朝、美菜代と顔を合わせた成海はまじまじと顔を見つめた。

「なんかあったのか」

「え」

「なんか……妙にきれ、いや、化粧が濃い、というか」

「おかしいですか」

「いや、たまにはいいんじゃないか。いつも化粧はおざなりだったもんなあ。意外に……似合っている」

「ありがとうございます」

ここのところ毎晩泣いているのに、褒められるとは意外だった。ただ、どんなに飲みすぎた朝でも充血をごまかせる、秘書御用達の目薬を使っているので目元は腫れていない。

「同期会のお陰かもしれません」

会で起こったことを思い出して、美菜代は自嘲気味に薄く笑った。成海は言葉通りに受け取ったようだった。

「よかったじゃないか。荒療治が効いたんだな」

美菜代は黙って一礼し、自分の席に下がった。

できあがった高遠への報告書と請求書を郵便局から送ったり、著名な経済評論家に本の出版を後押ししてもらえるという触れ込みで体の関係を持ったとたん、連絡がなくなったと訴える女性依頼者の話を聞いたりしているうちに、一日は終わった。

「本日はもう、失礼します」

美菜代がコートを着ながら声をかけると、成海は「おお」と資料を読みながら軽く手を上げて応えた。

「何を考えているのか知らないけど、やめとけよ」

ドアに手をかけた時、成海の声が背中に突き刺さった。

美菜代は一瞬息を呑んだ後「意味がわかりません」と言った。

「復讐するは我にあり」

美菜代は振り返って笑った。

「おれにあり、じゃないんですか」

しかし、成海は笑わなかった。

「もう一度、よく考えろ。復讐するは我にあり。神がそう語られた、言葉の意味を。神は自らの手を汚して復讐してくださると言っているんだ。おれはキリスト教徒じゃないが、そう聖書に書いた人の気持ちは信じている」

「殊勝なことを」

「お前がそう思いたいなら、復讐するはおれにありでもいい。おれがやってやる。だから、お前の手は汚すな」

美菜代は黙って部屋から出た。

雨が降り出していた。


新宿に着くと、美菜代は駅前のチェーン系コーヒーショップに入った。

コーヒーを受け取って、たった一つ空いている窓際のカウンター席に座る。両側はどちらもサラリーマンだった。雨に濡れた他人の体に触れたくないのか、コートを着たままだ。美菜代もまた、コートを脱がずに座った。鎧《よろい》で心身を守っているようで、ひどくよそよそしい世界の中で一人ぼっちのような気がした。

二時間ほどそこに座って、窓に雨粒が流れていくのを、ただぼんやり見ていた。人はひっきりなしに入ったり出たりして、両側のサラリーマンたちも何度か入れ替わった。

窓際の席に座ったのは失敗だった。冷気が伝わって体はしんしんと冷え、指先も足先もかじかんだ。けれど美菜代は席を移らなかった。

待ち合わせをしている人、時間を潰している人、帰宅前にコーヒーを一杯飲みたい人、ただ、そこにいる人、楽しそうな人、退屈そうな人……さまざまな人がそこにはいた。

どうする？　と何度も心の中で問うた。するの？　しないの？

カップのコーヒーもすでに冷め切っている。とにかく暖かいところに行って、体を温めなくては。自分に言い訳をして立ち上がり、カップを片付けて外に出た。

コーヒーショップからツーブロック歩いて、シティホテルに入った。名前を言うと、すぐにキーを渡してくれた。

案内されたのは何度か使ったことのある部屋だった。ダブルベッドと小さな椅子とテーブル、デスクがあっても狭苦しくない。落ち着いた場所でゆっくり相談したい、という口実にも不自然でないだけのスペースがあった。今の美菜代には少なくない出費だったが、返してもらった百万円に比べれば小さなものだ。

コートを脱いでハンガーにつるした。これを着て、また外に出る時、自分はどう変わっているのか。

ソファに座って、体を抱きしめた。やっと温まってきた。

消音にしていたスマートフォンが震えだし、美菜代の体もびくっと動いた。手に取ると、案の定、陣内からのメッセージだった。

「どうする？　そろそろ飲み会終わるけど」

ホテルに来て欲しい、とメッセージを打った。了解、と短く返信があった。

ここは二人で何度か使った部屋だ。いわば、思い出の場所だった。それを不審に思えば来ないかもしれなかった。それでもいいと思った。だとしたら、少なくとも彼は自分とのことを一つは覚えているのだから。

しかし、彼はやってきた。ドアののぞき穴から見ると、さっきコーヒーショップにいたサラリーマンたちと同じようなコートを着て立っていた。

「寒い、寒い。今日は冷えるね」

照れ隠しなのか、騒がしい大声で入って来た。

入り口のクローゼットを指さすと、素直にコートを脱いでそこにかけた。美菜代のと二着のコートが並んだ。ゆっくりゆれるそれを美菜代がじっと見ていたら、彼は抱きしめてきた。

「驚いたよ。急に連絡もらったから」

ホテルの予約も陣内への連絡も、昨夜、済ませていた。

「でも、嬉しかった」

相談したいことがあるから会いたい、とメッセージを送ると、明日は会合がある、と返された。それでは、終わるまで待っているから、と返事した。

本当に何も疑っていないみたいだった。それどころか、相談の内容さえ聞かなかった。一応、今の仕事をやめて転職したいんだ、という相談を用意していたのに。

抱きしめたままキスしてきた。覚えのあるキスで、ゆっくりと舌が入ってきた。ベッドにもつれるようにして倒れた。

「シャワーとか」

きれぎれに美菜代は言った。

「浴びる？」

「入ってきて」

「僕はどっちでもいいけど」

「私はシャワーの後がいい。あなたが先に入って」

妻帯者だから嫌がるかと思ったけど、素直にバスルームに向かった。匂いが付いたらどうするんだろう。石鹼《せっけん》は使わないのかもしれない。そういうことは女性誌によく書いてあるけど、自分の身に起こるとは。

陣内のシャワーの音が聞こえてくると、美菜代はバッグからカメラを出した。念には念を入れて、シャッター音がしないように設定してある。

クローゼットにかけてある二人のコート、ベッドの横に投げ出されたビジネスバッグ、脱ぎ捨てられたスーツを手早く写真に撮る。他に今の時点で写真に撮れるものはないか、と部屋の中を見回していると、また、スマホが震えだした。

ぎょっとして見ると、成海からの着信だった。思わず、切った。それでもまた、かかってきた。電源を切ってしまおうかと思ったが、これもまた、さりげなく枕元に置き、カメラとして後で使うつもりだった。仕方なく電話に出た。

「ホテルにいるんだろ」

いきなり、成海は言った。

どうして、と尋ねる前に、彼は続けた。

「すぐに止めるんだ。そのまま部屋を出てこい。今なら間に合う」

「どうしてですか」

声を殺して、美菜代は言った。

「どうしていけないんですか」

「とにかく止めるんだ。話を聞いてやる。部屋から出てこい」

「私、ちゃんと調べました。でも、彼に不幸の影は何一つなかった。この男には、若くて美しい妻がいて、子供ができて、豪華な一軒家があって、仕事にも恵まれて……そして、私を心底バカにしている。それなのに、どうして復讐してはいけないんですか」

「わからないのか。これまでずっとおれの仕事を見てきて」

「わかりません。所長は言いました。何もしなくても復讐は成し遂げられる。それ相応の報いを受けるって。でも、そんなの嘘です。こいつは幸福で、しかも私と平気で寝ようとしている。そんな男に復讐してどうしていけないんですか」

「理由はない。あるなら、それはお前が人間だからだ。たとえ、相手が幸福でも、復讐してはならないんだ。歯を食いしばって踏みとどまれ」

美菜代は涙があふれて来るのを感じた。

「どうしていけないんですか。一回寝て証拠写真が撮れたら、私は復讐できます」

「妊娠中の妻に隠れてこそこそ浮気しようとしている男。そんな偽りの夫婦だということだけで復讐にならないか？」

「彼はいい思いをするのだし、たぶん、妻は気がつきもしない。二人は幸せで美しい生活をこれからも続けていく。私が写真を送りつけない限り」

「バカなことをするな。お前は必ず、後悔する。すぐ部屋を出るんだ」

「嫌です。やっとここまで来たんです」

「おれはここにいる」

「え」

「今お前がいる部屋のドアのすぐ外にいる。お前が出てくるまで、ずっと待っている」

美菜代は電話を切った。シャワーの音はまだ続いていた。

二つ並んだコートを見た。ちょっとくたびれかけたビジネスバッグを見た。ベッドに投げ出されたスーツを見た。

皆、見慣れたものだった。まだ、好きだった。

美菜代はスマホとカメラをバッグに入れた。バスルームの前を通る時、一瞬止まった。

そして、意を決してコートをつかんでドアの外に出た。

本当に、そこには成海がいた。美菜代の目をまっすぐ見つめる視線はこれまでにないものだった。

「よくやった。偉かったぞ」

成海に抱きしめられて、美菜代は泣き崩れた。

「さあ、行こう」

彼は美菜代の肩を抱いたまま、エレベーターホールに導いた。


「事務所からずっとつけてきたんだ」

成海の行きつけだという、地下にあるバーに連れて行かれた。十席ほどしかないカウンターの端に並んで座った。老人のバーテンダーが一人で酒を作っている。

二人きりで飲むのはこれが初めてだ、と美菜代は思った。こんなところで飲むなんて映画の中の探偵みたいだ。

「ずっと様子がおかしかったから」

「よく部屋番号までわかりましたね」

「秘密の情報網があるんだ」

「そうなんですか」

「ホテルの部屋ぐらいなら簡単に調べられる」

「本当に探偵みたい」

美菜代が感心すると、成海は苦笑した。

「種明かしをすると、エレベーターの止まったところで部屋の階はわかった。あとはこれだ」

スマートフォンを見せた。

「どうしたんですか？」

「お前、スマホのインターネット共有をオンにしているだろう。MinaのPhoneってでてたぞ。それでだいたいの見当つけて、あの男が入っていくのを待った」

「なんだ。答えを聞くとたいしたことないですね」

「世の中そんなもんだ」

「つまんない」

「……まだ復讐したいか？」

美菜代は目を伏せ、ゆっくりうなずいた。

「なんだよ。もうその気はないっていう答えを期待してたのに」

「自分でもわからないんです。今回のことでちょっと気が抜けました。でも、復讐心が完全になくなった、と言ったら、たぶん、嘘になります。時々、かあっと頭が熱くなるんです。どれだけひどい目に遭ったのか、どれだけ理不尽な仕打ちを受けたのか……考えると止まらなくなる」

成海はめずらしく静かに話を聞いていた。

「ずっと思い描いていたんです。彼との未来、彼との人生を。何歳で子供ができて、何歳で一軒家を建てて、私はどんな趣味を持って……。あんまりにも考えすぎて、それがどこか間違いのない既定の人生のように自分の前に太い柱になって立っていた。無意識のうちに本物だと信じ込んでいたんですかね。だから、すべてを奪われて、これからどう生きていったらいいのかわからないんです」

「女は皆、そんなふうに思うのかな」

成海はつぶやいた。

そんなことないと思いますよ、私だけかも、と言おうとして、はっと彼の母親のことを思い出した。

子供を捨ててまで若い男との再婚を望んでいたという母親。美菜代と同じような思い込みがひどくなりすぎて最悪の結果を生んでしまった女性。

でも、私は彼女とは違う。私は復讐をしないですんだ。彼のおかげで。

お母様のことをどう思っていますか。お母様の事件のせいで今のような仕事をしているのですか。

聞きたいことは山ほどあった。けれど、口にはできなかった。

「それでも復讐はするな。おれはそれしか言えない」

成海はぽつんと言った。

「自分と自分の周りの人間を汚す。必ず、後悔する」

「所長に、復讐するは我にあり、って言葉を教えたのって、誰なんですか」

「……小学校時代の校長だよ。ミッション系の学校だったから」

「そうだったんですか……」

美菜代の心の中に、小学生の成海がマリア像を見上げている絵が思い浮かんだ。

「復讐しなくてよかった、と思える日が必ず来る。今はそれだけしか言えない」

「来なかったら、どうしてくれるんですか」

「なんでもお前の言うことを聞くよ」

え？　と成海の顔を見返した。彼はこともなげにうなずいた。

「いいんですか。とんでもないことをお願いするかもしれないですよ」

「いいよ。復讐したくなったら思い出せ。おれがなんでも望みを叶えてやると約束したことを」

「じゃあ、がまんしようかな」

「それがいい」

成海は真顔になって、カウンターの下の美菜代の手を握った。ほんのわずかで、あっと思った時には離れていた。それでも体全体がしびれた。

思わず、彼の顔を見つめた。二人の間にゆっくりと何かが流れていた。空気が揺れた。息が詰まった。すべてがスローモーションのように。成海の唇が動いた。美菜代は思わず目を閉じた。

「……期限はないけどな」

「え」

慌てて目を開けた。

「お前との約束に期限はない。いつまでにとは言ってないから」

「じゃあ、いつ言うことを聞いてくれるの？」

「さあね」

成海はさっと立ち上がって、マスターに手を挙げ、「お勘定！」と怒鳴った。

やっぱり信じられない。

美菜代は成海の後ろ姿にそうつぶやきながら、同時に、復讐しなくてよかったと思える日を、この仕事をしながら待つ人生も悪くないかもしれない、と思った。

解説

奥田亜希子（作家）

原田ひ香さんは、「商い小説」の名手だと思う。

既存の職業を掘り下げた「お仕事小説」とも、労働者の辛苦を写し取った「プロレタリア文学」とも違う。書かれているのは、まるでそれ自体に生命が宿っているかのような、個性的で充実した商い。原田さんの作品は、客になにをどんなふうに提供して金銭を得るのか、というオリジナリティが、時に物語の大きなウエイトを占めている。

例えば、主人公が依頼された対象を寝ずの番で見守る職に就いている、『ランチ酒』。三姉妹が、それぞれ朝昼晩で違った形態の飲食店を営んでいる、『三人屋』。主人公が都内の事故物件を転々としている、『東京ロンダリング』。どれも仕事内容や業務形態が独特だ。雑な料理が常連から支持されている店の物語、『定食屋「雑」』も、開館時間からして一風変わっている、有料の私設図書館が舞台の、『図書館のお夜食』も、その商いでなければ決して成立しない小説と言えるだろう。

実は原田さんは、私が受賞した小説の新人賞であるすばる文学賞の、六年先輩だ。その縁あって、対談した際、原田さんが「箱庭を作る」感覚で小説を書いていると仰っていたのが、いまだに強く心に残っている。その箱庭の枠組みのひとつに、商いがある。私はそう考えている。

このたび新装版として刊行された、『その復讐、お預かりします』も、そんな「商い小説」の一作だ。旧題の『復讐屋成海慶介の事件簿』にあるとおり、今作で描かれている商売は、復讐屋。成海事務所を営む成海慶介なる人物は、依頼人の復讐を引き受けることで手付金を、無事に果たすことで成功報酬を得ている。物語は、主人公の神戸美菜代が、「セレブやお金持ちしか顧客にしない。でも最高の腕前を持っているって。依頼料は高額だが満足度は百パーセント。しかも、決して誰にもばれないように復讐を成し遂げてくれるって」と成海の評判を聞きつけ、事務所を訪れるところから始まる。

美菜代の事情は、冒頭十数ページで早くも明らかになる。一部上場企業の秘書課に勤務していた美菜代は、当時、陣内俊彦という男性と社内恋愛の関係にあった。彼は、「地味人間」な彼女に人生で初めてできた、理想的な恋人だった。しかし、その彼が突如、後輩との婚約を発表。美菜代は陣内のストーカーだと噂を流され、退職に追い込まれる。また、美菜代は陣内にお金を貸し、彼の出世のために手も貸していた。あらゆる方面から自分を傷つけた陣内を、美菜代はとても許せない。そこで、以前、職場の会食で耳に挟んだ噂話を思い出し、成海事務所を頼ることにしたのだった。

第一話「サルに負けた女」では、美菜代の復讐が果たされるのだろう。だが、そう見当をつけて読み進めると、あっさり裏切られる。お金持ちの生まれではない美菜代には、手付金をぎりぎり賄える程度の貯金しかなく、成海は彼女の依頼を、「全財産をかけられないぐらいなら、やめた方がいい」といとも簡単に退ける。だが、美菜代は諦めない。ならば、働きながら復讐のノウハウを学ぼうと、翌日より成海の押しかけ助手を始める。そこに現れた、美菜代が接する初めての依頼人が、荻野貴美子。彼女こそが、交際相手からペットのサルの病気を理由に婚約を破棄された人物だった。

第二話「オーケストラの女」では、新加入の指揮者とヴァイオリニストにオーケストラでの居場所を追われた永倉乙恵が、二人の追放を求めて成海事務所にやって来る。自分のヴァイオリンの腕前が新入りより劣っていたわけではないと証明されることは、乙恵の切実な願いだった。

第三話「なんて素敵な遺産争い」では、成海がかつて客だった浅野小百合の息子、敬一郎から、離婚した母親が家に戻ってくるよう説得してほしいと頼まれる。この浅野家の一件には、小百合の義両親の遺産問題が絡んでいる。昔、成海が小百合に言った「魔法の言葉」が、なんとも鮮やかな一話だ。

第四話「盗まれた原稿」の依頼人は、シナリオライター志望の永沢めぐみ。めぐみはシナリオスクールの仲間だと思っていた女性に脚本を盗作され、彼女がその作品でデビューを果たしたことで、復讐心に燃える。

序盤で美菜代が助手になったように、どの依頼にも、一筋縄ではいかない展開と結末が用意されている。私が原田さんを「商い小説」の「書き手」ではなく、「名手」と呼んだ理由が、ここにある。この数年で、「スカッと」の四文字を、主にインターネットでよく見かけるようになった。「スカッと」は胸が空《す》く状態を表した言葉だが、復讐の枕詞のように使われることも多い。フィクション、ノンフィクションにかかわらず、特定の読後感を約束する「復讐もの」は、どうやら新たなジャンルとして確立されつつあるようだ。

しかし、復讐屋であるはずの成海慶介は、依頼の達成に向けて、直接的な行動をほとんど起こさない。貴美子と乙恵のときはなにもしようとせず、敬一郎の折にも、「復縁の件なんですけど」と小百合に意志を確認したのみ。めぐみに至っては、彼女に同情した美菜代ばかりが動いている。それもそのはず、成海の信条は「復讐するは我にあり」。意味を尋ねた美菜代に、成海は、「神様の言葉なんだ。復讐するのは自分だ、神である自分が復讐するんだからお前たち人間は復讐しなくていいんだよ、っていう意味」と答える。

復讐を商品にしながら、成海は「スカッと」を提供しない。そのことが、今作に奥行をもたらしている。そもそも復讐とはなんなのか。望みが達成されれば、依頼人は本当に報われるのか。いや、報いがないとしても晴らさずにいられないのが、恨みなのではないか。理屈と感情の折り合いがつかず、答えの見えないこれらの問いに、単純な報復を書かないことで、原田さんは迫っている。

もうひとつ、私が原田さんを「名手」だと思う理由は、イマジネーションとリアリティのバランス感覚にある。復讐屋という単語を目にしたとき、現実感を伴ったイメージをすぐさま思い浮かべられる人は、おそらく多くない。だが、原田さんは、そういった少し不思議な商いにも太い背骨をとおし、地に足をつけさせる。その手腕を、私は本筋とはやや離れた文章に見る。

例えば、美菜代がしょっちゅう食べているパン。安価でカロリーが高く、味は濃いが栄養価は低そうな市販のパンは、誰にとっても身近な食べものだ。このようなパンは、今作では「ゲスい」もの呼ばわりされ、特に匂いの描写が幾度もこまやかに書き込まれている。ここに、圧倒的な生活感がある。

お金にまつわる表現も印象的だ。美菜代には貯金がないとすぐさま見抜いた成海は、「ブランド品を買ったり、ホストクラブに行くタイプでもないが、株や副業で儲ける力量もない。貯金は都銀か良くてＭＭＦに預けているだけ」と彼女のことを語る。実に鮮やかな分析だ。そんな美菜代も終盤で、男性にとっての妻は、「一生を捧げる相手、その存在を守るとたくさんの人の前で誓った相手、健康保険も年金も一緒で、墓も親戚も親も子も共有すると決め、法的に認められた相手」だと定義する。私は今まで配偶者のことを、健康保険と年金の観点から考えたことはなかった。このような生々しい文章が、読者の暮らす現実と、成海事務所のある世界を地続きに均《なら》していく。

そうして、美菜代と成海をすっかり近しく感じるようになったころ、物語は最終話である「神戸美菜代の復讐」を迎える。約七十年前に自分を捨てた男に復讐すべく、高齢の高遠まさが事務所を訪れるのと時を同じくして、美菜代は自分を捨てた陣内と再会。いよいよ復讐を果たそうと決意する。

「復讐するは我にあり」を掲げる成海のもとで、数々の依頼に応えてきた美菜代は、一体どんな行動を起こすのか。美菜代の恨みは見事晴らされるのか。また、ついに成海慶介の過去も明らかになる。

今作を読みながら、自分だったら誰に復讐するだろう、と一度でも考えた人は、きっとたくさんいるだろう。私は自分をわりと執念深い性格だと思っていたが、成海のもとを訪ねる人々の境遇と結末を知るうちに、適当な相手が思いつかなくなった。復讐心とは憎しみだ。憎しみを抱え続けるのには、相当なエネルギーが要る。成海に依頼するならば、大金も要る。私には精神力も体力も、金銭的な余裕もない（まだ住宅ローンが残っている）。三十四年前、小学生だった私を側溝に突き落としたクラスメイトがどうなれば心が満たされるのかも、もはや見当がつかない。とはいえ、復讐したい人間が思い浮かばないのは、幸福な人生の表れとも言えるだろう。

そんなふうに呑気に考えていたら、最終話の依頼人であるまさを通じ、本当に許せない相手について、新たな角度から掘り下げられていた。そうか、そういうこともあるのか。いや、あるよな、と思う。この心理はとてもよく理解できる。最後までつくづく一筋縄ではいかない物語だ。

原田さんはやはり、小説の名手だと思う。

本書は二〇一八年七月に小社より刊行した文庫
『復讐屋成海慶介の事件簿』を改題した新装版です。

双葉文庫

は-33-04

その復讐《ふくしゅう》、お預《あず》かりします

2024年12月14日　第1刷発行
2024年12月27日　第3刷発行

【著者】
原田《はらだ》ひ香《か》

【発行者】
箕浦克史
【発行所】
株式会社双葉社
〒162-8540 東京都新宿区東五軒町3番28号
［電話］03-5261-4818（営業部）　03-5261-4831（編集部）
www.futabasha.co.jp（双葉社の書籍・コミックが買えます）
【印刷所】
大日本印刷株式会社
【製本所】
大日本印刷株式会社
【カバー印刷】
株式会社久栄社
【DTP】
株式会社ビーワークス

【フォーマット・デザイン】
日下潤一

ISBN978-4-575-52816-9 C0193
Printed in Japan